JN307411

二見文庫

派遣看護婦

浅見 馨

目次

派遣看護婦

第一章　下着の濡れ痕

1

脱衣所に入ったところで、オヤッと思った。もう午前一時なのに、誰かが風呂に入っている。シャワーを使っている音がするし、バスルームに人影がある。

脱衣籠に目をやると、そこにはブラジャーとかの下着がナース服の上に重ねて置いてあった。

(加那子《かなこ》さんだ!)

急に胸が苦しくなった。サイドについている曇りガラスを通して、肌色のシルエットが屈み込んでいるのが見えた。きっと髪を洗っているのだろう。

いつもは後ろでまとめているのだが、実際は背中に届く長い髪なので、洗うのにも時間がかかるのだ。

下を向いているので、こちらの動きは見えないはずだった。視線を落とすと、籐の脱衣籠に置かれた下着が、呼んでいるようだった。

(よし、今なら……)

気配を殺して、ゆっくりとしゃがみこんだ。

白のナース服の上に置かれたブラジャーを手に取る。それはシルクのような光沢を放つ薄いベージュの四分の三カップのブラジャーだった。上半分にレース刺繡があしらってあり、セクシーでお洒落な感じがする。

(これが、さっきまであの加那子さんの乳房にじかに触れていたんだ。大きなオッパイを包みこんでいたんだ)

ごく自然にカップの外側に頬を擦りつけていた。甘ったるいミルクみたいな匂いが鼻孔をくすぐる。

(これが、加那子さんの体臭なんだ。いい匂いだ。甘くて、清潔で……)

うっとりしながら、カップの裏側にも顔を押しつける。そこは柔らかな素材でできていた。ここが乳房にじかに触れていたのだ。

（ぼくがブラジャーになれたら、いつも加那子さんのオッパイに触れていられるのに）

しばらく鼻面を押しつけて、甘い体臭の残り香をいっぱいに吸った。いつまでもこうしていたかった。そのとき、

シャワーの音がやみ、バスルームから市村《いちむら》加那子の声が聞こえた。

「孝志《たかし》くんなの？」

「は、はい。すいません」

孝志はあわててブラジャーを籠に戻すと、弁解がましく言った。

「すいません。まだ、風呂に入っていなかったもので」

「そうなの……ごめんなさい。孝志くん、もう入ったのかと」

「いえ、いいんです」

そう答えながら、孝志は下着に悪戯していたことがばれていないのがわかって、ほっと胸を撫でおろした。

「すぐに出ますから。私の後でよければ、入って。なんなら、お湯、入れ替えますから」

加那子が気をつかってくれているのがわかる。

「お湯は替えなくていいです。それに、ゆっくり入っていてください……あッ、それから、ここで、歯、磨いていていいですか？」

孝志は勇気をふりしぼって言った。もう少しここにいたかった。

「かまいませんよ。どうぞ」

「じゃ、そうします」

ふたたび、シャワーを使う水音が聞こえた。

孝志は、更衣室兼洗面所の棚に立ててある歯ブラシを取り出して、歯磨き粉をチューブから絞り出す。

胸のときめきを抑え、ブラシを歯にあててかるく磨きながら、脱衣籠を見た。

籠の一番上にパンティが載っていた。シルクベージュの小さな布切れがきれいに折り畳まれている。

震える指でパンティをつかみ、立ちあがって浴室を見た。加那子が手や肩のあたりをスポンジで洗っている姿が曇りガラスを通して、ぼんやりと見えた。

（よし、まだ大丈夫だ）

こちらを向いたときに不審に思われないように、反対側を向くと、パンティをじっくりと見た。女の人の下着をこんなに近くで観察するのは初めてだ。

光沢のある薄いベージュのパンティは、細くなったサイドの部分にチュールレースがあしらってあって、アダルトな感じがする。

（裏側を見てみたい。アソコに密着していた底のほうを）

抗しがたい欲求に駆られて、布切れを裏返した。

二重底になった基底部が現れたとき、孝志は衝撃を受けた。

そこには、粘液のようなものが染みになり、ちょうどアソコの形のままに、しっかりと染みついていた。

上のほうが細く、途中で幅がひろくなり、下のほうではまた細くなっている。

そんなティアドロップ型の染みがはっきりと痕跡を残しているのだ。

冷静に考えれば、女性の分泌液は愛液だけではないのだが、孝志にはそれが女性が感じるときに出る潤滑剤としか思えないのだ。

（こんなに濡らしている。きっと興奮していたんだ。だって、そうとしか考えられないじゃないか）

パンティを持つ指が震えた。

（加那子さんのアソコは、どんな匂いがするんだろう？）

欲望を抑えられなくなって、鼻を近づけて匂いを嗅いだ。強い匂いではなかった。体臭を強くしたような甘く魅惑的なもので、そそられる匂いだった。

(舐めてみようか。どんな味がするんだろう?)

躊躇していると、浴室から声がした。

「孝志くん?」

「あ、はい」

孝志はパンティを握り締めて、返事をする。

見られたのかと思って青くなっていたが、そうではなかった。

「この一週間、どうだった? 私がいて、迷惑じゃなかった?」

「迷惑だなんて、そんな」

言いながら、孝志はそっとパンティを籠に返した。浴室を見ると、加那子はいつのまにかバスタブに体を沈めていた。

「そう……なら、いいんだけど。私もこういう形は初めてだから、いろいろと心配なの。何か気づいたことがあったら、教えてくださいね」

「わかりました」

行儀よく答えながら、孝志はふと自分が浴室に入っていったら、加那子はどんな顔をするだろうかと思う。だがもちろん、そんな大胆なことはできない。

ろくに歯を磨いていなかったが、大袈裟にうがいをする。

「じゃ、ぼく、居間にいますから」

孝志は胸の高鳴りを抑えて言うと、洗面所を出た。

人影のないリビングでソファに腰をおろし、テレビのスイッチをつけた。深夜番組で三流お笑い芸人たちがくだらない企画ではしゃいでいた。

もっとも、孝志には番組の内容など頭に入らない。頭のなかは、今見たばかりの加那子のシルエットでいっぱいだった。ガラス越しにも、女らしいラインがうかがえたピンクの裸身。それに、パンティの大きな染み。

あの人が、アソコから欲情の印であるラブジュースを、あんなに分泌させていることがショックだった。でも同時にそのことにひどく興奮していた。

市村加那子がこの榎本《えのもと》家にやってきて一週間がたつ。孝志は今も、その瞬間を思い出すことができる。中学三年の夏休みも中盤が過ぎ、高校受験のための勉強もあって、孝志は家にいることが多かった。

その日、二階からぼんやりと外を眺めていると、門の前で黒塗りの車が停まった。なかから出てきたのは、恰幅のいい中年とすらりとした背格好の看護婦だった。

あらかじめ父から聞いていたので、先頭を歩く体格のいい男がS総合病院の院長であり、後に続く大きな旅行鞄を持った女性が、榎本家に派遣されることになった看護婦であることがわかった。

白衣を着た女を見て、驚いた。

親父専用のナースだというから、どうせ中年のオバサンだろうと思っていた。ところが、違った。顔ははっきり見えなかったが、年齢は二十五、六だろうか。スタイルもいい。清潔そうな白衣が似合っていた。それに、後ろでまとめられた髪に載ったナースキャップがテレビドラマに出てくるナースみたいに決まっていた。

院長と笑顔で話していた看護婦が、何気ない感じで家の二階を見上げた。開いた窓から外を見ていた孝志と視線が合った。

彼女は孝志に気づくと、にっこりと微笑んだ。白い歯がこぼれ、穏やかで整った顔からは内に秘めたやさしさと女らしさのようなものが感じられた。

男は誰でも物心ついたときから心の奥に「理想の女性像」を持っているという。それに近い女性が現れたとき、男は恋に落ちるという。

孝志はその話を、どこかで読んでいた。これまではそんなことは嘘だと思っていた。だが、事実だった。

孝志は加那子を見た瞬間に、恋に落ちた。どこが好きだとかそういうことの以前に、一目見た瞬間に脳天をハンマーで叩かれたみたいだった。胸が切なくなり、ボゥとしてしまった。こんな経験は初めてだった。

すぐに家政婦のタミさんが、玄関から走りでてきて、二人を迎えるのが見えた。タミさんが旅行鞄を持とうとするのを、「けっこうです」と彼女が断っている声が聞こえた。

しばらくして、「孝志、ちょっと来い」という父の声が聞こえた。階段を降りていくと居間に二人がいた。父の秀行《ひでゆき》は（と言っても、血は繋がっていないのだが）、孝志が一目で恋に落ちた看護婦のことをこう紹介した。

「こちらは市村加那子さん。今度、うちで一カ月ばかり私の面倒を見てくれることになった」

加那子は頭を下げて、

「市村です。よろしくね」

ちょっと首をすくめ、チャーミングに微笑んだ。孝志はその何でも包み込んでくれそうな笑顔にドギマギしながら、「孝志です。中三です」と自己紹介した。

「本来なら病院勤務で大忙しのところ、無理を言って来てもらったんだ。お前も迷惑だけはかけるなよ、いいな」

父に釘を刺されて、孝志は「ああ」と答えた。すると、加那子が言った。

「いえ、迷惑をかけるのはこっちです。完全看護なのでここに寝泊まりさせてもらうことになります。孝志くんも見ず知らずの人が来て、やりにくいと思うけれど……何か気づいたことがあったら、遠慮なく言ってくださいね」

そのしっかりした受け答えを聞いているうちに、孝志はますますこの看護婦が好きになった。赤くなって、上目遣いにうかがった。

すっきりした穏やかな顔だ。でも、目が印象的だった。涙堂のふっくらとした感情の豊かそうな切れ長の目。細い眉が柔らかなカーブを描いていて、しっとりした情感がただよっている。

このきれいな看護婦さんが一カ月もの間、家に寝泊まりするのだ。ということは、家にいる間はいつもこの人を身近に感じていられるということだ。

この一カ月がバラ色に見えてきた。

八年前、孝志の母は後妻としてこの榎本家に入った。孝志は前の父との間に出来た子供だった。それもあって、今の父の秀行とは上手くいかなかった。義父は孝志との間に、一線を引いていた。

その母が二年前に亡くなった。ここを追い出されるかと思ったのだが、自分の血を引く子供のいない義父は、孝志を自分の跡取りにしたいらしく、家に置いてくれた。

だから、その後の面倒は、家政婦のタミさんが見てくれている。

タミさんはいい人だが、五十歳を過ぎているし、どう見ても母の代わりというわけにはいかなかった。

広い豪邸に、義父と家政婦との三人という生活は、やはり殺伐としていた。そんな潤滑油の切れた機械みたいな家に、女性が入ってくる。しかも、二十五、六のやさしそうな美人ナースだ。

孝志は、この家に来て初めて義父に感謝したい気分だった。

義父は長く糖尿病を患っていた。それがこのところひどくなり、手足のしびれなどの神経障害を起こしていた。義父は地元ではけっこう有名なR建設の社長をしている。一カ月後には先頭に立って大きな仕事に着手しなければいけない。それでこの際、糖尿を抑えるために一カ月の休養をとった。

本来なら入院治療したほうがいいのだが、なにしろ大の病院嫌いなので、派遣ナースというかたちを取ったらしい。

プライベートナースというのは、ただでさえ人手不足である普通の病院ではなかなかやってくれないらしい。それが可能になったのは、父が医療法人S会の理事も勤めているからだ。

R建設の社長である父がS会の理事をやっているのは、R建設がS会の今ある三つの病院のすべてを建てているからだ。それにR建設は病院の経営コンサルタント部門にも息のかかった者を送り込んだりして、S会に深く食い込んでいるらしい。

だから、S総合病院も父の申し出を拒めなかった。院長自らがわざわざ出向いてきたのも理事である父のご機嫌をとるためだ。

だがそんな事情などどうでもよかった。孝志は、一目惚れした市村加那子がいつも家にいてくれるのだと思うだけで、躍り上がりたい気分だった。

そして、この一週間で、その気持ちはいっそう強くなっていた。

加那子は父にインスリンの注射を打ったり、血糖値を計ったり、食事療法のチェックをしたりしている。

けっこう暇なんじゃないかと思うのだが、勤勉さが身についているのか、時間があいたときはタミさんと一緒に食事を作ったりする。父が食後の散歩に出掛けるときは必ず付添う。

看護婦は病院じゃ廊下を走るのが普通になっているくらいに忙しいというから、動き回っていないと不安なのだろう。

それに、普段着でもいいんじゃないかと思うのだが、加那子はいつも清潔そうな白衣を身につけていた。ナースキャップもきちんとかぶっている。

S総合病院のナースのユニホームは、有名なデザイナーの手によるものらしく、襟元の詰まったスタンドカラーでウエストをベルトで絞った、洗練されたデザインだった。

だから、よけいに白衣姿の加那子が魅力的に見えるのかもしれない。それに、加那子は胸が大きかった。

白衣を押し上げている胸のふくらみを見るたびに、孝志はまだ見ぬ乳房を想像した。週刊誌のカラーグラビアのモデルを見ては、このくらいかな、あれくらいかなと妄想を逞しくする。

この前は、加那子が孝志の前を歩いて、階段を昇っていった。

加那子はブラジャーやパンティのラインを外に透けださせるようなだらしのな

い女ではなかった。が、そのときはV字のパンティラインがくっきりと透けていた。丸々としたお尻の肉の張りぐあいや、ヒップを斜めに走るラインを目の当たりにして、孝志は目が眩《くら》む思いだった。

加那子は義父やタミさんの前ではきちんとしているが、孝志の前では、けっこうリラックスしている。居間のソファに腰をおろして新聞などを読んでいるときにも、足を組んでいたりして、めくれあがった白衣の裾の間から白いストッキングに包まれた太腿の内側や外側がかなり際どいところまでのぞいてしまうことがあった。

足を組みかえるときなどには、裾と足の間に空間ができて、むっちりと充実した太腿が奥のほうまで見えたこともある。

そして今夜、孝志は曇りガラス越しとはいえ、とうとう加那子の裸身を見てしまったのである。

2

孝志が、湯煙のなかに浮かびあがった裸身を思い出していると、加那子の声がした。

「お待ちどうさまでした。孝志くん、どうぞ、入って」

加那子はやさしい目で孝志を見ながら、リビングに入ってきた。

白のミニ丈のバスローブをまとい、手にはドライヤーを持っている。たぶん、脱衣室で髪を乾かしたのでは、待っている孝志に悪いと思ってのことだろう。

孝志は加那子が髪を乾燥させる姿を見たくなった。「もう少ししてから、入るから」と言って、テレビを見るふりをしてさり気なく視線を送る。

加那子はドライヤーのコンセントを差し込むと、ソファのはじっこに座った。

「ごめんなさいね、ドライヤー使うけど、いいかしら?」

「どうぞ、気にしないで」

テレビの音声が聞こえなくたって、孝志は全然かまわない。

加那子は肩まである黒髪を前に垂らして、ドライヤーの風をあてはじめた。送風音をたてながら、顔の前に垂れた髪の束を指でかるく梳《す》きあげるようにして、そこに温風をあてる。

時々、髪を揺らしたり、髪をあげてうなじのあたりにドライヤーをあてたりする。

そのひとつひとつの仕種が、孝志にはたまらなく色っぽく感じられるのだ。

しかも、足を組んでいるので、ミニ丈のバスローブの裾がめくれ、素肌の太腿が交差する箇所が見えていた。むっちりした湯上がりの太腿が重なりあう甘美な陰影を刻んだところまで、しっかりと見える。

孝志はドギマギしながら考える。

(父やタミさんの前では隙を見せたことがないのに、どうしてぼくの前ではこんなに無防備なんだろう？　ぼくのことを大人だと認めていないのだろうか？　まだ子供だと思って舐めているに違いない)

加那子がドライヤーを置くのを見て、孝志は聞いた。

「加那子さん、ずっと家にいるけど、大変なんじゃないの？」

「えッ、どうして？」

加那子が乾いてサラサラした髪を、後ろにまとめるようにして顔をあげた。バスローブの襟元はしっかりと締められているが、それでも、わずかにのぞいた湯上がりの胸元の肌が淡いピンクに染まっているのが見える。

「だって、恋人と会えないじゃない。いるんでしょ、男の人？」

加那子は意外だという顔をした。

「驚いたわ、孝志くんがそんなことを聞くなんて」

「そう?」

「ええ」

「そうか、中坊なんてまだ子供だって思ってるんだ。受験勉強に精出してればいいって」

「そういうわけじゃないけど……」

加那子が困惑した表情を見せた。そのちょっと困ったような、眉をひそめた表情がたまらなくいい感じだ。

「いるんでしょ、恋人?」

孝志は執拗に聞く。

「孝志くんが、どう答えて欲しいのかわからないけど……正直に言うわね。いません。決まった男の人はいないのよ」

「へえ、ふしぎだな。看護婦って、ぼくらのなかでも人気高いよ。それに、加那子さんみたいな美人で仕事も出来る人なら、絶対にもててると思うけどな」

「ふふっ、孝志くん、お世辞も言えるんだ」

加那子がそう言って微笑んだ。口の端がちょっと吊りあがって、いい感じだ。

「お世辞じゃないさ」

「……看護婦って、実際、ものすごく忙しいのよ。勤務時間も不規則だし。よほど理解のある相手じゃないと、難しいの」

「へえ、そうなんだ」

そう答えながら、孝志はなぜか安心している自分に気づく。

「じゃあ、こっちから聞いていい？」

加那子が身を乗りだした。膝はぴっちりと合わせているが、前かがみになったので襟元に隙間ができて、わずかに胸のふくらみがのぞいた。

「孝志くんはどうなのかしら？　ガールフレンドいるの？」

逆襲されて、孝志はたじろいだ。もちろん、いない。それどころか、女の子の手を握ったことも、キスしたこともない。

だが、ここでいないと答えれば、子供だと思われてしまう。

「いるよ。たいした女の子じゃないけどね」

「そうなの……へえ、いるんだ、ガールフレンド。どんな子なの、よかったら、教えてくれないかな？」

孝志は困った。もともとガールフレンドなどいないのだから。

仕方がないので、作り話をすることにした。クラスでいい感じだと思っている女の子を想い浮かべながら、適当に話す。

その間も、加那子はニコニコしながら、孝志の作り話を聞いていた。たぶん無意識だと思うのだが、足を頻繁に組みかえるので、そのたびに白い太腿がかなり奥までのぞき、孝志はますますしどろもどろになる。

途中で、孝志は叫びたかった。こんなの嘘だ。ぼくが好きなのは、目の前にいるあなたなのだと。

近くに寄ったら、きっと湯上がりのいい匂いがするだろう。甘い石鹸の匂いやコンディショナーの芳香を嗅いでみたい。

さっき見たばかりの、パンティの染みが脳裏に浮かんだ。ティアドロップ型にじんわり浮かび上がっていた淫蜜の濡れぐあい。

そんなことを思い出したせいか、股間に力が漲《みなぎ》ってきた。ハーフパンツを勃起が押し上げているのがわかる。

ふと見ると、加那子の視線が股間に落ちている。

恥ずかしくなって、孝志は話を中断した。そして、「風呂に入るから」と、その場を立った。

衣服を脱ぎ散らし、どうせ最後だからと、股間も洗わずにザブンと湯船に飛び込んだ。

しばらくすると、加那子がドライヤーを返しに来た気配がした。

「それじゃ、おやすみなさい」

やさしい言葉を残して、洗面所のドアが締められた。

(ガールフレンドがいるなんて、なんであんなこと言ってしまったんだろう)

見栄を張ったことを後悔しながら、湯船に肩までつかっていると、バスタブの側面に長い髪の毛が付着しているのに気づいた。

もちろん父のものじゃない。タミさんは自宅に帰って、風呂に入る。そう、それは加那子の髪の毛に間違いなかった。

あの人のことだから、湯船に落ちた髪の毛はすくいとっただろう。見落としたに違いない。

細い髪の毛を手に取った。四十センチはあろうかという長い直毛だった。

捨てるのが惜しくなって、それをバスタブの上に長く伸ばして置いた。少しS字カーブを描いた黒く細い糸は、いつまで眺めていても飽きることがないのだった。

ふたたび下半身に力が漲ってきた。

湯船のなかで、孝志は勃起を握り締めた。

すると、もっと刺激が欲しくなった。

（そうだ、加那子さんが脱いだあの下着は、今、どこにあるのだろう？）

孝志は裸のままバスルームを出て、隣りのユーティリティに向かった。タミさんが活躍する部屋だ。

自動洗濯機の横に、洗い物が山積みになっていた。そして、その横に、加那子の下着を見つけた。

シルクベージュのパンティは、ここでも高貴さを失わずに、上品な光沢を見せている。

小さな布切れをつかむと、孝志は浴室に戻った。洗い桶に座って、猛々しくそそりたつものを握る。

キュッ、キュッとしごきながら、パンティの匂いを嗅いだ。

まだ、加那子の体臭が残っていた。きつくなく、ソフトな汗の匂いがする。まるで脳髄がとろけていくような甘美で魅惑的な女の匂いだ。こんな羽のように軽くて、小さなものが、加那子の大きなヒップを包んでいたなんて信じられない。

半包茎の皮を亀頭の下の出っ張りに引っかけるようにして、キュッ、キュッとしごいた。たちまち下半身が疼《うず》くような快美感が立ちのぼり、もっと刺激が欲しくなる。

パンティを裏返した。二重になった基底部に染みが付いていた。まだねっとりした乾ききっていないそれは、涙の形で付着している。

基底部を顔面に押しつけて、勃起をしごきまくった。

パンティ全体を嗅ぐより、さすがに強い匂いがする。だが、それは顔をそむけたくなるようなものではなく、愛着が湧く匂いだ。ちょっと磯のような生臭さが混ざっていて、ムラムラきてしまうが、全体では上品な感じがする。

（ああ、加那子。大きなオッパイに顔を埋めてみたい。パンティが張りついていたアソコをよく見てみたい。そして、この力を漲らせたものをアソコに入れてみたい）

さっき目にした裸体のシルエットを思い出しながら、猛烈にしごいた。

（きっと欲求不満なんだ。だって、こんなにラブジュースをあふれさせているんだから。恋人がいないって言ってたから、ひとりで悶々としているんだ。オナニーしているかもしれない）

孝志は、今二階の自室で横になっているだろう加那子のことを想像した。

(どんな格好で寝るんだろうか？　パジャマとか浴室に持ってきてなかったから、裸だったりして。きっと、そうだ。そうに違いない)

孝志はベッドのなかでオナニーしている加那子の姿を想った。いつしか、そこに孝志自身が登場していた。

孝志は加那子の足を持ち上げて、勃起を打ち込んでいた。

『ああン、いいの、孝志くん、いいわ』

頭のなかで、まだ聞いたことのない加那子のあの声が響いた。

「ああ、加那子さん」

孝志はそう声に出して言ってみた。グンと快美感が高まり、孝志は顎を突き上げながら猛烈に擦った。

次の瞬間、孝志の体を素晴らしい射精感が貫いていった。

第二章　人身御供

1

加那子はベッドに入っても、なかなか寝つかれなかった。

孝志の取った行動が頭に残っていて、どうしてもそのことを考えてしまう。

（きっと、歯を磨くふりをして、私の下着を見ていたのだわ。手に取っていろいろとしたんだわ）

歯を磨きながら何やらゴソゴソしていたので不審に思い、バスから上がって脱衣籠を調べてみると、下着の位置が変わっていた。

年頃だからしょうがないとは思う。中学三年ともなれば、女性の下着には興味津々だろう。下着を見られるような隙を見せた自分がいけないのだ。

それでも、使用済みの下着を見られたことが恥ずかしい。生理前ということもあって、分泌物が多かった。生理の前になると、加那子は全身が敏感になる。女性器が過敏になり、ちょっとしたことでバルトリン氏腺液があふれる。今日もそうだった。あの前にテレビの深夜映画を観ていて、その強烈なラブシーンに体が疼いた。

愛液が付着したパンティを見て、あの子はどう思っただろうか？……それを考えると、内臓がキュッと縮みあがる。

それに輪をかけているのは、孝志の自分を見つめる視線だ。どこにいても孝志の視線が張りついている。さっきだって、加那子が髪を乾かしているとき、孝志はちらちらと太腿のあたりを盗み見していた。

（あの子は私のことが好きなのかしら？）

いちがいにそうは言えないだろう。あの年頃の少年が、年上の女性に性的興味を惹かれるのは自然のことだ。ましてや、これまでこの家には女っけがなかったのだから。

二年前に母を亡くし、その後、この広い家で義父と家政婦さんと三人で生活しているという。最も感受性の激しいこの時期に、孝志は母の愛情を受けていない。その代わりとなるべき、父親も義父なのだ。

それを思うと、可哀相な気がする。

加那子が、孝志のすべてを許して、受け入れてあげたいという母性にも似た愛情を抱くのも、そのせいかもしれない。

(それに……あの子ったら、大人ぶっていて、ふふっ)

さっき、孝志がガールフレンドのことを話していたときの、ちょっと困ったような表情が脳裏に浮かんだ。

(孝志くん、嘘でしょ。きみにはガールフレンドはいないんでしょ。わかるわよ。だって、きみ、心のなかが顔に出てしまうタイプだものね)

心のなかで微笑する。

加那子は孝志のとまどった顔を思い浮かべながら、寝返りをうった。

乳首がズキッと疼いた。

加那子は夜、寝るときは何もつけない。今夜は生理の前ということもあって、一応パンティはいているが、あとは何もつけていない。

剝き出しの乳房がシーツに擦れただけで、甘い旋律が流れた。

受胎を逃した体のなかで、乳房がちょっと張っている。乳首も硬くなっている気がする。

(ああ、いやだわ、女って)

性の悦びを知った女性には、子宮が疼いて一晩中眠れない夜がある。こんなこと、男性にはわからないだろう。

病棟勤務のときは、不規則な勤務時間と忙しさのなかで、女体の欲望など忘れていた。だが、ここに来て、人並みの生活をするようになったせいか、女としての情感が復活したように感じる。

とくに、夜、ひとりでベッドに入っていると、それは頭をもたげてくる。

(オナニーしないと、眠れないかもしれない)

加那子はおずおずと右手を乳房に伸ばした。やはり、乳房は凜《りん》と張りつめている。

触って欲しいと思う。この火照っている乳肌を、男の逞しい手でギュッと押しつぶして欲しい。

「ああッ……」

指を乳肌に食い込ませると、声が出た。

内科部長の、おっとりしたなかにも鋭さを秘めた顔が、脳裏に浮かぶ。今は別れてしまったが、一年前まで加那子は内科部長の女だった。

わずか半年の間だったが、その間に、うぶなナースであった加那子は女になった。女としての悦びを教え込まれた。

部長がしたように、乳首を親指と人さし指に挟んで、転がした。

「ううン、ううンン」

甘やかな快美感が走り、加那子は喘ぐ。

あまりの声の大きさに、恥ずかしくなって、左手の人さし指を噛んで声を押し殺す。

その間も、右手で左右の乳房をまさぐる。豊かな弾力を持つDカップの乳房を、かたちがいびつになるほどに荒々しく揉みこむ。

「うン、ああァァ」

我慢できなくなって、左手を太腿の奥に添えた。パンティ越しに指が触れただけで、敏感になっている肉体は悦びのさざ波を伝えてくる。

横になり、胎児のように丸くなり、その姿勢で指を遊ばせた。

完全に勃起した乳首をつまみ、転がした。左手ではパンティの布地越しに、スリットの上部をいじる。

乳房を揉み、クリトリスをいたぶるのが、加那子のオナニーのやり方である。

生理の前用のストレッチタイプのパンティの上からでも、花芯が濡れているのが、その湿りけでわかった。

(ああ、こんなことしては、いけないわ)

同じ二階には、孝志の部屋がある。二階には五つの部屋があり、二人の部屋は離れている。だから、声を聞かれる心配はない。それでも、同じ階に男性がいるということが、加那子の自己愛撫をいっそう秘密めいたものにしていた。

ストレッチタイプのパンティと腹の隙間に手をすべりこませた。

柔らかな繊毛の流れこむあたりに、ぬめりを帯びた花肉が息づいていた。本体のほうには直接触れずに、上方の肉芽をさぐった。

興奮で尖っている肉芽の側面に二本の指をあてて、波打つように動かす。

じわっとした快美感がひろがり、下腹部がだんだん熱くなるのがわかる。

「うふン、あッ……うふン」

押し殺した喘ぎが、八畳ほどの洋間に響いた。その声が耳に入ると、いっそう淫らな気持ちが湧いてくる。

与えられた部屋で、ひとり乳房を揉み、パンティを波打たせている。

そのことが寂しかった。情けなかった。つらかった。

ジーンと湧き上がってくる切なさの塊を抑え込むように、乳房を鷲づかんだ。

微熱を帯びた乳肌は凛と張りつめ、内部から掻痒《そうよう》感にも似た情感が立ちのぼってくる。

「うン、あッ、あッ」

しこった乳首をこねまわし、尖ったクリットを指腹で刺激する。

膨張したグミの実の包皮を剝き、露出した本体をかるいタッチでいたぶる。

「あッ、いや……」

グーンと快美感が高まり、加那子は上体を反らし、顎を突き上げた。

(イクわ、イッちゃう)

オルガスムスの到来に備えて、身構えた。そのとき、ドアを叩く音がした。

ハッとして、加那子は手をパンティから抜いた。

「はい、ちょっとお待ちください」

とっさに言って、ベッドから飛び起きた。

(こんな時間にいったい誰かしら?)

傍らに用意してあった夏用の薄いガウンを急いで肌身にまとう。

（もし、孝志くんだったら、どうしよう？）

ガウンの紐を結びながら、ドアに近づいた加那子は、深夜の訪問者の正体を確かめにかかる。

「あの、どなたですか？」

「ああ、私だよ」

榎本秀行の太い声がする。孝志ではなくて、安心した。だが、もしかしたら、先ほどのオナニーの声を聞かれたかもしれない。そう思うと、背筋に寒いものが走る。

「あの、御用は？」

「悪いんだが、注射をたのむよ。用意はしてきたから」

榎本は一日に三度、インスリンの注射を行うことになっている。就寝前の注射は自分でやるように指示してあるはずだが。

「わかりました。今、開けます」

加那子は内鍵を外して、ドアを開けた。

ガウン姿の榎本が、注射器セットがおさまっているプラスチック製の容器を持って立っていた。

オナニーの声を聞かれたかを知りたくて、表情をうかがう。だが、白髪で、いつも眠そうに見えるその茫洋とした表情からは、何もうかがうことはできない。

2

「悪いね、寝ているところを起こして」

「いえ、かまいませんよ。これが、私の仕事ですから」

加那子は感情を殺した口調で言って、部屋の明かりをつけた。

「ご自分で、なさらなかったんですか？」

注射のセットを受け取って、準備をしながら言う。

「どうも、注射は苦手でね。ましてや、自分で注射するなど、私には人間技とは思えんよ」

「困った人ですね」

加那子はやさしい笑みを見せて続けた。

「この前も言ったように、いずれ私はいなくなります。そうなると、ご自分でインスリンの注射を打つことになります。慣れてくださらないと」

「それはわかっているんだが……」

社長という人種の我が侭さにあきれながらも、加那子はアルコール綿を用意して、ペン型注射器を繰り返し振って薬を混和させる。

何はともあれ、ここは早く処置を済まして、部屋に戻ってもらうことだ。

「今回の位置は、お腹でしたね。お腹を出していただけますか」

「わかった」

榎本はベッドに腰をおろすと、ガウンの紐をほどいた。

それから、ガウンの前をひろげた。贅肉のついた腹が露出した。

この太りすぎが、糖尿病の原因になっている。食事療法を続けているのに、腹の贅肉はいっこうになくならない。

加那子がしゃがみこむと、榎本はさらに大きくガウンの前を開いた。

ハッとした。裾のほうまで開いたので、腹の下の恥毛までがのぞいてしまった。

黒々とした密林に囲まれて、太い芋虫みたいな黒ずんだ肉茎がダランと下がっている。

どういうつもりなのか？……成り行きでこうなったのか、それとも意識的に見せているのか、真意をはかりかねた。

だが、看護婦勤めでこういうことには慣れている。

加那子は何も見なかったことにして、左の腹の下部をアルコール綿で拭こうとする。

その手を、榎本がつかんだ。

「えッ」という顔で、榎本を見上げた。

「それは後でいい。その前に……」

榎本は加那子の手からアルコール綿を取って、ポイとごみ箱に投げ捨てた。

「あッ、何を？」

「何って……まあ、こういうことだよ」

榎本が、しゃがんでいた加那子の体を引き起こした。

そのまま、ベッドに押し倒された。

加那子はとっさに抵抗しながら、訴えかける。

「いけません。やめてください」

「いいじゃないか。私には女房もいない、女もおらん。可哀相な中年に、お情けをかけたところで、罰はあたらんよ」

「でも、私が困ります」

なんて自分勝手な発想だと思いつつ、加那子は手で突っぱねる。

「困る？……そうか、私が嫌いか？」

「いえ、そういうことではなくて……榎本さんは私の患者です。ナースと患者の関係に、こういうことが入ってきてはよくないんです」

「そうは思わんな。お前は私のプライベートナースとして雇っている。いわば私の個人看護婦だ。一般のナースとは違う。そうだろ？」

榎本は細い目をギラつかせて、ガウンの襟元を開けようとする。

「いけません！　こういうことをされると、私はここにいられなくなりますよ」

「……それは困る。私はきみのことを気に入っている。看護婦嫌いの私が、きみの言うことなら、何でも聞く気になっている。それだけ、お前にゾッコンなんだ。わかってくれ」

そう言いながらも、榎本は手を襟元から胸のふくらみへとすべりこませる。

「お気持ちはありがたいです。でも、これは駄目です」

湿った指で乳房をつかまれて、おののきながらも、加那子はその手をつかんで、きっぱりと言う。

すると、榎本の表情が変わった。

「私はねえ、決して自分の欲望に負けて、こうしてるわけじゃないんだよ」

加那子は、どういうこと？　という顔で榎本を見た。

「きみも、ここに来て、もう一週間。そろそろ、息が詰まってるんじゃないかね？」

「いえ、そういうことはありません」

「そうは思わんね。きみは今、アレだ。欲求不満ってやつだ」

加那子は唖然として、榎本を見た。

「さっき、聞こえたんだ。きみの声がね。いや、聞くつもりはなかったんだ。注射を頼もうとして、ここに来たら……わかるね」

やはり、オナニーの声を盗み聞きされたのだ。それがわかると途端に、羞恥心で顔面がカッと火照ってきた。

「お前はオナニーしていた。違うかね？」

「……知りません」

「ふふっ、否定しないのか。正直なんだな、きみは。そういうところが、好ましい」

抵抗力の鈍った加那子に体重をかけて押さえこむと、榎本はその首筋に唇を近づけた。ほっそりした首筋に唇を押しつけ、チュッ、チュッと挨拶代わりのキスを繰り返す。

「うン……いけません、駄目です」

顔をのけぞらせ、右に左に逃がしながら、加那子は手で肩を押す。

その手を交差させるように頭の上で押さえつけて、榎本は顔を寄せた。

「あッ」と声をあげて、加那子は顔をそむける。ととのった横顔にほつれ毛がまとわりつき、清純ななかにもムンとした女の色香が匂いたつ感じだ。

榎本はその横顔にがむしゃらに接吻を繰り返す。化粧を落とした素顔からは、何やらクリームのいい匂いがする。キスをしていても、肌がすべすべしているのがわかる。

こんな気持ちになったのはいつ以来だろう。銀座のクラブの女を金で買っているのとは全然違う。

院長には、なるべく若い美人をよこすように言っておいたのだが、まさかこんないい女をよこすとは。今では院長に感謝したい気分だ。

「榎本さん、いけません。ほんとうに駄目です。こんなことされたら、私、いられなくなります」

「そんなことは私が許さんよ。わかっているとは思うが、私はS病院の理事も勤めている。きみは院長を頼りにしているのかもしれんが、あいつは私の言うことは拒めんよ」

榎本は粘っこい目を向けて言う。

権力を振りかざして女に言うことを聞かせるなど、本来は主義に反するが、こういう状況では仕方ない。

「……でも、私は院長を信じています。あの方は、こういうことを見逃すような人ではありません」

「ふふっ、甘いね、きみは。世の中の仕組みがわかっておらんようだ。うちが、S会に寄付と称して、どれだけ経済的援助をしているか……このご時世、病院経営も楽じゃない。S病院はうちが援助していなければ、とっくに潰れているよ。だから……お前はいわば人身御供《ひとみごくう》というやつだな。きれいごとを言ってないで、そういうことも考えてみなさい」

言って聞かせると、少しは事情がわかったのか、加那子は反抗の言葉を吐かなくなった。つらそうに唇を噛み締め、顔を横に向けている。

心のきれいな女だから、さぞや悔しい思いをしているに違いない。加那子の心境を思うと、榎本はサディスティックな悦びさえ感じる。

「お前も、オナニーするほど体が疼いているんだ。この私も同じだ。ならば、楽しもうじゃないか。大人の遊びだ。それ以上、何を悩むことがある、ウン?」

つらそうに唇を嚙み締めている加那子を見ながら、襟元から手をすべりこませて、乳房をつかんだ。

「あッ……ウン」

ビクッと肩を震わせて、顎を突き上げる加那子。

よほど敏感なのだろう。やはり、欲望を持て余しているに違いない。

冷房が効いているにもかかわらず、加那子の乳房はじんわりと汗ばんでいた。オナニーの余韻を引きずっているのかもしれない。

指が沈みこむような柔らかな乳肌だ。だが、強くつかむと内部からしっかりした脂肪の弾力が伝わってくる。

「いや、いや、いや……」

加那子は両手で、榎本の肩を突き放してくる。今にも泣きだださんばかりに眉をひそめている。その情感たっぷりの泣き顔がたまらなくそそる。

榎本は薄いガウンを肩から脱がし、腹の下まで引き下げた。

抜けるように色の白い上半身が目に飛び込んでくる。

ほっそりした首筋からなだらかな肩への女らしいライン。鎖骨の深い窪み。そして、うっすらと骨を透かせた胸元からなだらかに乳房の裾野がひろがり、それは悩ましいほどの美しい円錐形をなして頂きへと昇りつめている。

そして、小さな乳首の透き通るようなピンクの色合いの透明さはどうだ。まるで、女の肉体に赤子の乳首をくっつけたようだ。それは、男に汚されていない無垢な処女地みたいだ。

「ああ、見ないで」

榎本の嚙みつくような視線を感じとったのか、加那子は胸をよじって視線を遮ろうとする。

両腕を押さえつけて、胸のふくらみにしゃぶりついた。

「ううン……あッ、駄目ッ」

胸をよじって抵抗を試みる加那子。

だが、榎本はふくらみの中心に接吻して、放さない。

両腕を押さえ込んでいるので手はつかえない。榎本はぽっちりした肉の蕾の周辺にしゃぶりついた。

自分がまるで十七、八のガキのようだ。あまり女を知らず、ひたすら女体に突撃していった若い頃のようだ。

(この女は、私にあの頃を思い出させてくれる)

齧《かじ》りつき、吸い、柔らかな乳肌に鼻面まで擦りつける。鼻の先が埋まるまで深く吸い込み、右に左に顔を振る。

「いけません、駄目です……うン、ううンン」

加那子の気配が変わった。

指でシーツをつかんで、顔を反らしては、女っぽい声を洩らす。

もう腕を封じる必要を感じなくなり、両手で双方の乳房をつかんだ。巨乳というほどではないが、てのひらでは包みきれない充実したふくらみである。

すくうように揉むと、湿っぽい乳肌が量感あふれる感じで揺れる。

頂きに向かって揉みあげるようにマッサージしながら、せりだしてきた肉の蕾を舌で転がし、乳首を弾く。

「あン、それ……うン、ううンンン」

喘ぐように言って、加那子は白い喉元をさらした。

「それが、どうした？　うン？　いいのか、感じるのか？」

「……知りません」

「相変わらず、嘘をつけない性分だな。心だけだと思ったら、そうじゃないらしい。体のほうまで正直だ」

言うと、加那子は恥じるように顔をそむけた。

「ふふっ、何も恥じることじゃない。むしろ、誇っていいことだ。身も心も素直な女というのは、そうそういない」

「でも……こんなことになって、どうしていいのか」

「お前が悩むことじゃない。私が責任を取る。お前は私にすべてを預ければいいんだ」

加那子が押し黙った。

もちろん、まだ身も心も許したわけではないだろう。だが、ゆくゆくはそうしてみせる。

榎本はまとわりついていたガウンを剝ぎとった。紐をゆるめて、体から毟《むし》りとった。

一目見ただけで、加那子が均整のとれた女らしい体つきをしていることがわかった。

榎本もガウンを脱ぐと、加那子にのしかかっていく。胸と股間を手で隠して小さくなっている加那子の足をつかんで、グイと押し開いた。

「あッ」と悲鳴をあげて、太腿をよじって翳《かげ》りを隠そうとする。ちらりと見えた繊毛の翳りは薄いほうで、やわやわした繊毛から地肌が透けるほどだった。

足をつかんで引き寄せ、膝が腹につかんばかりに屈曲させる。

「あッ……」

加那子が手で股間を隠した。

ヒップがあがり、丸々とした尻たぶとそれに続く太腿の裏側が目に飛び込んでくる。

加那子の手を払いのけて、榎本はその秘めやかな女が息づく箇所に顔を埋めた。

「い、いけません。こんな……あッ、ううン、ううン、うううンン」

切なげな声を聞きながら、榎本は夢中で媚肉を舐めた。

サラサラした繊毛の感触の下に、ぬめりを帯びた肉びらが蠢いていた。

左右の肉びらはぴったりと口を閉じているものの、わずかな隙間からヌルリとした淫蜜があふれでていた。

前付きでもなく後付きでもなく、ちょうどいい位置にそれは可憐な花を咲かせていた。上のほうが狭く、下に行くにつれて幅を増す肉襞は、室内灯のもとでヌラリとした潤みをのぞかせて妖しくぬめ光っていた。

容姿と同じで美しい女性器に気をよくした榎本は、本能に命じられるようにその誘惑物を味わいつくす。

全体に舌をまとわりつかせ、上へ下へと舐める。さらには、右と左の肉萼《にくがく》を一枚ずつ丹念に舐め清める。

「あッ……あぁッ、ああンン……ンンン」

加那子のゾクゾクするような喘ぎが、高まった。

若い女の本気の声を聞くと、榎本の下半身にも力が漲る。

こんなになったのは、いつ以来だろうか？　この数年間、糖尿でアソコの勃ちが悪くなっていた。勃起せずに、女の膣に挿入することができなくなっていた。気持ちはあっても、体が言うことを聞かないのだ。

だが、今は違う。無用の長物と化していたアソコが、力強く頭をもたげてきている。

（よし、今だ。今なら……）

榎本は急いで体を起こし、突入の態勢に入った。

あわただしく腰を近づけ、勃起した肉茎で膣口をさぐる。ヌルリとした肉襞が、先端にからみつく。

だが、腰を入れようとした直前に、するりと膣口が逃げた。

「いけません、やっぱり、いけません」

加那子が言って、足を閉じようとする。

その足をひろげて、再度突入をはかる。だが、どういうわけか、先ほどまであんなにいきりたっていたムスコが、力を失っている。

半ば萎えた肉茎に指を添え、強引に押し込もうとした。

しかし、加那子の花芯の入口はあまりに頑なで、肉茎がフニャリと押し戻されてしまう。

こうなると、もういけなかった。

やはり、俺は糖尿でインポテンツなのか。女とは出来ない体なのか。

そういう声が心の内側で起こり、その不安が頭をもたげてくると、肝心のムスコまでしんなりとしてしまう。

そのことに気づいたのか、加那子が伏目がちに見つめてくる。

女はアソコをこんなに濡らして待っているのに、その期待に応えることができない。その悔しさで、自分を責めたくなる。

「わかったか？　私はこういう体なんだ」

自虐的な気分になった榎本は、そう居直った。すると、加那子が口を開いた。

「糖尿のせいです。糖尿の合併症です。細かい血管が壊れて、末端まで神経が行き渡らなくなるんです。でも、糖尿が抑えられれば、これもよくなります」

性感の高まりで目の縁を色っぽく朱に染めた加那子が、それでも看護婦らしく言う。

「笑ってくれ。私を笑え。女がアソコを濡らして待っているのに、私は出来ないんだ」

榎本は自暴自棄で自分を責めた。

「ご自分のことを、そんなに卑下《ひげ》なさってはいけません。病気が治れば、そちらのほうも大丈夫になりますから」

加那子が言った。

（ああ、こいつはなんてやさしい女なんだ）

女が愛しくなって、加那子を抱き締めた。

ベッドに横になり、しなやかな裸身を抱く。汗ばんだ肌が官能的だ。抱けば抱くほど、馴染んでくる体だった。

3

ふたたび下半身に力が漲ってくるのを感じて、乳房をつかんだ。

豊かな弾力で押し返してくる乳肌に指を食いこませ、強弱をつけて圧迫した。

すると、

「あン、うン……あン」

加那子があえかな声を洩らしはじめた。開いた口から、甘い息をこぼし、切なそうに腰を揺らめかす。

(ああ、こいつは女なのだ。こんな理不尽なやり方で体を奪おうとしているのに、そんなことは忘れて、女になりきろうとしている)

加那子の手首をつかんで、下腹部に導いた。

やや硬くなった肉茎に、ほっそりした指がからんでくる。

加那子は恥ずかしそうに目を伏せている。全身からほのかな体臭を放ちながら、ゆっくりと肉茎をしごきはじめた。

その指づかいはぎこちない。しっかりと握るのを恐れて、かるく指を添えてしごいている感じだ。

だが、その初々しさが、榎本にはかえって好ましく思われる。

もっと感じさせてやろうと、乳房を揉む指に情感をこめる。中心に向かって指を這わせて、小さな突起のまわりを波打つように刺激する。

さらには、硬くなっている肉蕾を親指と人さし指で挟んで、クリクリとねじってやる。するとそれが効いたのか、加那子は「あああァ」と一際高く喘いだ。

「うふン、うふン」と鼻声で泣きながらも、肉茎を徐々に激しく擦りあげる。

「加那子、しゃぶってくれ。たのむ」

榎本はそう言って、加那子の頭を押した。

いやがるかと思ったが、加那子はすんなりとそれを受け入れた。

よほど情感が高まっているのか、それとも、榎本に同情しているのか。ゆるやかに肢体をくねらせて、下腹部にしゃがむと、斜めの位置から肉茎をしゃぶりにかかる。

半勃起の肉棹の根元のあたりを今度はしっかりと握り締め、支えるようにしながら、キュッ、キュッと摩擦する。

力が張ってくるのを感じたのか、今度は顔を寄せて、亀頭部を咥えこんだ。茎胴をしごくリズムに合わせて、かるく頬張る。

榎本は顔をあげて、そのすべてを目に灼きつける。

色白のもち肌のところどころが淡い桜色に上気していた。なまめかしくよじれた色白の肉体は、女の色香をむんむんと発散させている。

いったん顔をあげた加那子は、乱れて垂れかかる黒髪を耳の後ろに梳きあげる。甘やかな吐息をこぼし、半勃起の肉塊を色っぽい目で見つめ、ふたたび咥えにかかる。

今度は指を放して、すっぽりと全体を頬張った。根元まで咥えこみ、しばらく苦しげに息を吐き、先端まで唇を持ち上げる。

その情感あふれるフェラチオに、榎本の分身は少しずつ硬度を増してきた。

加那子の献身的な尺八に、榎本のほうも応えてやりたくなった。

「加那子、シリをこっちに向けろ」

だが、加那子はためらっている。

「いいから、シリを向けなさい」

再度言うと、加那子は勃起を咥えた姿勢で、ゆっくりと榎本にまたがった。

豊かな双臀が目の前に突き出される。ゆで卵のようなツルツルした光沢を放つ丸いヒップは、わずかに汗ばんで妖しくぬめ光っていた。

むっちりと実った尻肉をひろげておいて、その狭間で息づく花肉を、榎本はペロリと舐めた。

「ああッ……」

鋭く声を放って、加那子が顔を跳ねあげた。

「きれいなオマ×コだ。こんな絶品は見たことがないぞ」

羞恥心を取るために褒める。そうしておいて、濃密なフェロモン臭を放つ媚肉に鼻面を擦りつけた。

今はもう、花びらを開かせて内部の鮭紅色のぬめりをのぞかせている膣口を、狂ったように舐め、しゃぶる。

すると加那子は、咥えていられないのか、

「ああッ、ああァ、ううン」

顔を跳ねあげて悩ましい声を迸らせながら、右手で握り締めた肉茎を必死にしごいてくる。

敏感な肉芽を舌先で突いてやると、「ああッ」と声をはねあげて、勃起をギュッと握り締める。そのときは、しごくことさえできない様子で、ただ握り締める。

榎本はこのまま、加那子をイカせたくなった。自分は挿入できるかどうか自信はない。ならば、その前に加那子に天国を味わわせてやろう。

唾液と愛蜜でそぼ濡れた花肉は、花びらをねじれさせて、空洞をのぞかせていた。

榎本は右手の指をその肉孔に押し込んだ。人さし指と中指を重ねて、ズブリと差し込んだ。

「うはッ……」

しなやかな背中を反り返らせて、顔を跳ねあげる加那子。

グググッとした肉圧で、媚肉が指を食い締めてくる。

(おおゥ、狭いぞ。おまけに、この肉襞の蠢き!)

榎本は指にまとわりつく粘膜の柔軟さに舌を巻いた。

この蠱惑的な膣に分身を突き入れることができたら、どんなにか素晴らしいだろう。

そう思わせるほどの肉路の痙攣だった。

榎本は自分も興奮してきた。まるで指が自分のペニスと化したように、徐々にピストン運動させる。

リズミカルに抽送すると、なかから透明の粘液がすくいだされて、膣前庭へと流れていく。

「うン、うン……あッ、あああァ……いけません。うはッ」

加那子が切羽詰まった声をあげた。今はもう勃起をしごくことなどできない様子で、ひたすら肉茎を握り締めている。

「そうら、こうすると、もっと感じるぞ」

榎本は二本の指を時計周りにまわして、指の方向を変えた。そして、膣の前面の壁、俗にいうGスポットのあるあたりをノックしてやる。

「うぐッ……うふッ、あッ、あああァ、そこ……やめて」

加那子がつらそうに喘いだ。

よほど感じるのか、キュッ、キュッと尻たぶを引き締め、前に逃がすようなこともする。

「ほんとにやめていいのか……うン？」

余裕が出てきた榎本は、意地悪に聞く。

そのまま指の動きを中断させていると、くなり、くなりと腰が揺れはじめた。

「どうした？　ここをいじくって欲しいんだな。答えなさい」

強く聞くと、加那子は小さくうなずいた。

その羞恥に満ちた仕種がたまらなくて、もう一度聞く。

「それではわからない。言葉で言いなさい。ここをいじくって欲しいんだな？」

「……はい。そこを……」

消え入りたげに答える加那子。

「そうか、そんなにオマ×コをいじくって欲しいのか」

榎本は下に向けた指で、連続的に粘膜を叩いた。

「うン、うン……ああァァ、おかしくなりそう」

加那子が叫ぶように言って、ガクン、ガクンと腰を躍らせた。

「どうした、フェラチオのほうは？　口がお留守になってるぞ。咥えるんだ」

叱咤すると、加那子は素直に肉茎を頬張る。

だが、よほど性感が高まっているのか、以前ほどの落ちつきはなく、内面の昂りをぶつけるように激しく擦りあげている。

顔を打ち振るたびに、尻が動いて、セピア色に淡く色づくアヌスがまる見えになる。

(かわいいお尻の穴だ。私が元気になったら、ここも頂戴できるのに)

そういうことを考えながらも、榎本は膣内を攪拌する。ひねりを加えて、激しく抽送する。ギュッ、ギュッと粘膜が蠢いた。

「うはッ……」

咥えていられなくなり、加那子は顔をあげる。

「どうした、フェラは出来ないのか?」

加那子は首を左右に振り、「ううッ」とうつむく。

「出来ないのかと聞いているんだ」

「……できません。ごめんなさい」

「できないか……よし、その代わりにイッてみせろ」

榎本は指バイブを再開する。

出来ることなら、自分の分身である太棹でズブリと差し貫きたかった。この濡れた肉孔の深くを、いやというほどに突いてやりたかった。

だが、今のところ、それは無理だろう。榎本にはそれがわかった。
次第に指の抽送のピッチをあげた。
やがて、加那子が激しく裸身を躍動させて、絶頂に達したのがわかった。

第三章　蒼い欲望

1

（加那子さんを振り向かせたい）

白衣を身につけた加那子が、甲斐甲斐しく父の世話を焼いているのを見るにつけ、孝志の思いは日増しにつのるばかりだ。

食事療法で毎日カロリーを計算して、家政婦のタミさんと相談して食事作りを手伝う。適度な運動が必要とかで、食後には父は散歩をする。その散歩にも、加那子はつきあう。

血圧や血糖値をはかり、それをこまめにチェックして指示を与える。インスリンの注射もしているみたいだ。

それに、なんかこの一週間で急に二人は親しくなった気がする。

気のせいかもしれないが、父の加那子を見る目が違ってきたし、加那子のほうも前より打ち解けた様子を見せるときがある。

加那子は父と気の合った愛人秘書という感じだ。

まさか、二人が出来ちゃったということはないだろうが、それでも、孝志は二人に嫉妬さえ感じる。

どうしても気になったので、加那子にこう聞いてみた。

「オヤジと上手くいってるみたいだね。何か、あったりして？」

すると、加那子はこう言った。

「へんなこと、考えるんじゃないの。私はお父さまの付添い看護婦です。とくにこういうケースは、ナースと患者の関係が親密で、信頼感がないと上手くいかないの。それだけです。わかったかな、孝志くん」

その答を聞いたとき、何かが孝志の頭で閃いた。

「じゃあ、もしもだよ。もしも、ぼくが病気になったら、加那子さん、父にやってるみたいにぼくを看病してくれるわけ？」

「ええ、もちろんよ。私はお父さまの専属ナースだけれど、孝志くんが病気になったら、当然、面倒はみます」

加那子はきっぱりと言った。

その瞬間、孝志のなかで次に取るべき行動が決まった。

翌日、孝志は救急箱から内緒でアスピリンを取り出した。白い錠剤をじっと見つめた。過去に味わった苦しみの記憶がよみがえってきて、手が止まった。

(ぼくは決めたんだ。ビビっていて、どうする)

思い切って、アスピリンの錠剤を三つ、口に放り込み、水で一気に流し込んだ。吐き出したいのを我慢して、自室で受験勉強をつづけた。しばらくすると、体中が痒くなってきた。手の甲や腕とかに、発疹が浮かびあがった。

(やっぱり、出たか)

赤い蕁麻疹《じんましん》を眺める。鏡を見ると、顔にも出ていた。

孝志はアレルギー体質だった。とくに、アスピリンなどの解熱剤を飲むとアレルギー反応を起こし、全身に発疹が出る。

加那子に看病してもらいたかった。父のように。そのためには病気になる必要があった。そこで思いついたのが、薬に対するアレルギー体質だった。

これまでの体験で、この発疹は数日でおさまるはずだった。発疹の他はたいした症状は出ないから、理想的だった。

よし、と部屋を出て、階下に降りていく。そこには、加那子が休んでいるはずだった。

一階に降りていっても加那子の姿はなかった。台所ではタミさんが、夕食の準備で野菜を刻んでいた。

「あれ、加那子さんは？」

顔をのぞかせて聞くと、タミさんは、

「血糖値をはかるとかで、お父さまの部屋にいるはずですよ」

こっちを見ないで、答えた。

「何か？」

「いや、いいんだ」

そう答えて、孝志は父の部屋に向かった。

父の書斎兼寝室は広い家の角部屋にあった。大きな出窓のある、うちでは最高の部屋だ。

（どう、切り出そうか？　やはり、アレルギーのことは言わないほうがいい。で

も、父が知ってるからな)

あれこれ考えながら、父の部屋の前まで来た。

ノックしようとすると、なかから声が聞こえた。その声を耳にした途端、孝志の体は硬直した。

「ううン、うふッ」

閑静な家だからこそ聞こえる低く、押し殺したような声だ。

嗚咽《おえつ》するような声だが、孝志にはそれが誰の声であるかはわかった。そして、それが女性がアレをしているときに出す声であることも。

(まさか、加那子さんが父と？　そんな、そんなはずない！)

幻聴であって欲しかった。だが、低い喘ぎ声は確実に聞こえている。

孝志はドアに耳を押しあてた。耳を澄ます。

「あン、うふン……いやッ、いけません。駄目です」

今度は、加那子の言葉が聞こえた。いったい、何をいけないと言っているんだろう？

「いいじゃないか。こんなに濡らしているくせに」

「ああ、いけません……ああ、うンン、いやッ、あッ、うン」

孝志は気が狂いそうになった。だって、濡れているのは、加那子のオマ×コに決まっているし、それに、加那子はいやだって訴えているわりには、なまめかしい声をあげて悶えている。ということは、やっぱり、そうだ。二人はアレをしているんだ。

（ああ、どうしたらいいんだ？）

ショックと興奮が入り交じり、孝志は困惑の極致におちいった。

（踏み込んだら、二人はどんな顔をするだろうか？　だけど、加那子さんがどんな格好をしているのか、見るのが怖い。父が加那子さんの上になっていたら？）

そのとき、孝志は緊張のあまりにふらついた。体がドアにぶつかる音がした。

（しまった！）

その姿勢のまま、孝志は凍りつく。

すると、なかから父の声がした。

「誰だ、そこにいるのは？」

「……俺だよ。ちょっと、加那子さんに用があってさ」

いまさら逃げることはできない。孝志は平静を装って言う。

「用というのは？」

「ちょっと体調が悪くてさ」

「少し、待ってろ」

その場に立ちすくんでいると、ドアが開いて、加那子が顔を出した。

薄く開いたドアの隙間から、昼間だというのにガウンをはおってベッドに座っている父の姿が見えた。

「孝志くん、どうしたの、その顔？」

加那子が驚きの声をあげて、孝志の顔を見た。発疹が浮き出た赤い顔を。

「ちょっと、おかしいんだ。それで、加那子さんに診てもらおうと思ってさ」

言いながら、加那子の様子を観察する。

いかにも情事の直後という感じで、ととのった、やさしげな顔が興奮覚めやらないままに上気していた。切れ長の目も今はしっとりと潤んでいた。

それに、真っ白なナースキャップがゆがんでいるし、立て襟の清潔感あふれる白衣に、ところどころ皺が寄っていた。

（やはり、加那子さんは父と……）

がっくりきて、へたりこみそうになる。

だが、加那子は赤い蕁麻疹を見て、女から看護婦の顔に変わった。

「ちょっと、いらっしゃい。大丈夫ね、歩けるわね」

そう言って、並んで歩きだした。

階段をあがっていく加那子の後ろ姿が、目の前にあった。ワンピース型の白衣がお尻に張りついて、ヒップのふくらみが悩ましく揺れる。

今日はなぜか、パンティラインが透け出ていなかった。

(もしかしたら、加那子さん、パンティをはいていないんじゃないか。そうに違いない。あわててたから、きっと下着をつけなかったんだ)

全身の痒みも忘れて、孝志はエッチな気分になる。

2

通されたのは、加那子の部屋だった。

壁際にベッドがあり、部屋のセンターには小さめの応接セットが置いてある。

足を踏み入れただけで、香水に似た甘い女の匂いがした。

孝志をソファに座らせると、加那子は「ちょっと、見せて」と、発疹に顔を近づけて観察した。

「いつから、出たのかしら？」

「ついさっきだよ」

「おかしいわね。何かにかぶれたわけでもないし……」

加那子は孝志の左手を取って、手首の内側に指をあてて脈をはかりはじめた。

左手にはめた時計で時間をはかり、真剣な表情で脈拍を数えている。

加那子の体に触れたのは初めてだった。きれいな指で手首を押さえられているだけで、孝志の心臓は激しい鼓動を打つ。ついさっきまで、父とセックスしていたなんて信じられない。きっと、脈は速くなっているだろう。

加那子は何も言わずに、今度は孝志の額に手をあてた。

「熱はないわね」

安心したように言って、孝志の顔をのぞきこむ。

「どう、なんか他に、体調の変化、ある？」

「かったるいだけだよ。痒くてたまらないけどね」

加那子はちょっと考えてから言った。

「孝志くん、食べ物のアレルギー、何かあるかしら？」

「……ないよ」

「そう……たぶん、何かのアレルギーで発疹が出ているんだと思うの。これまでに、こういうことなかった？」

孝志は嘘をつくことにした。

「ないよ」

「おかしいわね。ここにいてくれるかしら？　お父さまに報告してきますから。つらかったら、そのベッド使っていいわ」

そう言い残して、加那子は出ていった。

父は解熱剤のアレルギーのことは知っているはずだ。きっと、それを報告するだろう。

（こんなこと、よせばよかった）

暗い気持ちに襲われつつ、孝志はベッドに腰をおろした。急に疲れが出てきたので横になると、加那子の体臭がほのかに匂った。

ちょっと甘くてミルクみたいだ。

大きな枕には、数本長い髪の毛が付いていた。その枕を抱きかかえた。枕に顔を埋める。

フカフカした羽毛枕からは、加那子の髪の毛の匂いがする。コンディショナーの柑橘系の芳香のなかに、何やら獣じみた匂いが潜んでいた。

「ああ、加那子さん」

加那子の名前を口に出し、ギュッと枕を抱き締める。

幸福だった。だが、束の間の幸せを、さっき聞いた加那子の喘ぎ声が打ち消していく。

(どうして、こんなことになっちまったんだよ。いつからなんだよ、くそォ！)

宝物を父に汚されたような気がして、孝志は「くそッ、くそッ、くそッ」と叫び、枕を叩きつけた。

(加那子さんはぼくのものだ。親父なんかにやってたまるものか！　それに、まだ親父が加那子さんとやったって決まったわけじゃない。確かにあのときの声はしたけど、でも、なんとなくセックスしているときの声とは違っていた気がする。もしかして、まだやってないかもしれない。絶対にそうだ、そうに決まっている。加那子さんが、親父にやらせるわけがない)

孝志はそう思うことにした。

(あんな、クソ親父に負けてたまるか。あいつにやられる前に……)

全身に興奮の震えが走った。

ふと気づくと、下半身が勃起していた。きっと、加那子と義父のセックスを想像したからだろう。

なまめかしい気持ちになって、孝志は服を脱ぎはじめた。これといった目的があるわけではない。ただ、裸で加那子のベッドに入りたかった。加那子が裸で寝ているシーツを肌に感じたかった。

Tシャツを脱ぎ、ズボンとトランクスをまとめておろして、すっぽんぽんになる。

体のところどころに赤いブツブツが出ていた。見苦しかった。だが、これを見たら、加那子はきっと同情してくれるに違いない。

あの人はやさしさが他の感情よりも先に立つ人だから。

全裸でベッドに潜りこむと、スベスベしたシーツが気持ちよかった。冷房が効いているから、暑くもない。

(加那子さん、いつもここで寝ているんだね。素っ裸で寝ていることはわかっているんだ)

そのシーンを想像すると、ますます下半身に力が漲ってくる。

ついつい、右手が股間に伸びた。アレルギー反応が出ているというのに、分身は元気一杯で硬くなっている。

幸い、ここには発疹は出ない。

力強く脈打つそれを握り締めて、勇気を貰っていると、ドアが開いた。

白衣姿の加那子が入ってきた。キリッと唇を締めて、引き締まった顔つきだ。

ベッドに入っている孝志を見て、すぐに近づいてきた。

「お父さまから聞いたわ。孝志くん、お薬のアレルギーがあるんですってね」

「ああ、アスピリンのね」

「どうして、そのこと、さっき言ってくれなかったの？」

「関係ないと思ってさ」

「そうかしら？」

加那子が眉根を寄せて、難しい顔をした。

「タミさんに調べてもらったの。そうしたら、アスピリンの錠剤が一ケース、なくなっているって……」

そう言って、加那子は孝志の顔を見おろしてくる。

この角度だと、よけいに端整な顔だちが際だって見える。ゆがんでいたナースキャップはすでに元の位置に戻っていた。

「孝志くん、あなたアスピリンを……」

「違うよ、ぼくじゃない」

「じゃ、誰が？　タミさんは、あなたがアレルギーだって知ってるから、管理には気をつかっていたそうよ。だから、しっかりとチェックしてあったの。お父さまは使ってないと言うし、あなたしか考えられないのよ」

「違うって言ってるだろ！」

「じゃ、今から病院に行きましょう。行って、検査してもらいましょう。いいわね」

きつく言われて、孝志は観念した。

「わかったよ、言うよ。ぼくだよ、ぼくが飲んだんだよ！」

加那子の表情が強張った。それから、どうして？　という顔で見つめてくる。

「教えてやるよ。病気になったら、加那子さんに看病してもらえると思って……だから……あれを飲むのが一番手っとり早かったんだよ」

言ってしまって、もう駄目だと思った。

加那子は驚きを通り越したという顔で、しばらく何も言わなかった。

「そう、わかったわ。私がいけなかったのね。あのとき、確かにきみに、きみが病気になったら看病するって言ったものね」

加那子がやけに静かな口調で言った。

「怒らないのかい？　こんな無茶をした俺に、腹が立たないのか？」

「そうね、ほんとうははらわたが煮えくり返っているの。こんな馬鹿げたことをして……でも、やってしまったことは仕方ないでしょ。その代わり、孝志くん、約束して欲しいの。こんなことは、もう二度としないって。約束して」

穏やかだが、奥に強い意志の感じられる目で見つめられて、

「ああ、わかった。約束するよ」

孝志はそう答えていた。

加那子は鞄のなかから、チューブに入ったクリームを取り出した。

孝志にはそれが何か、聞かなくともわかった。副腎皮質ホルモンの入った軟膏である。

「お父さまも、アレルギー体質なので、一応、持ってきたのよ。役に立ってよかったわ」

加那子はベッドに近づくと、孝志に半身を起こさせた。

そして、腕を取り、発疹が出ているところに軟膏を塗りはじめた。

「塗ってくれるの？」

「私のせいでこうなったんだから、せめてもの罪滅ぼしってとこかな。ただし、今回だけよ。次からは自分で塗るのよ。子供じゃないんだから」

「やさしいんだね」

微笑を浮かべた加那子は、軟膏を薄く延ばして、手の甲に塗りつける。いい匂いがした。目の前でナースキャップが揺れていた。抱き締めたかった。このまま、ギュッと抱いてベッドに押し倒したかった。

加那子は手際よく軟膏を延ばして、顔面や胸元に塗っていく。上半身が終わると、

「失礼するわね」

薄い上掛けをはいだ。

その瞬間、加那子はハッとしたように体を硬直させた。

すっぽんぽんの下半身の股間に、肉茎がいきりたっていた。それは、赤い亀頭部を露わにして、鋭角に勃起していた。

孝志は、加那子がどんな反応をするか、興味津々で観察していた。だが、驚きの表情を示したのはほんの一瞬だけで、それ以降は、何事もなかったみたいな顔

で軟膏を下腹部の発疹に延ばしている。

（どうしたんだろう？　何も感じないのか？　看護婦だから、きっとこういうのには慣れているんだ。でも、内心はそうじゃないかもしれないぞ）

全身の血液が凄い勢いで、下腹部に向かって流れ込んでいるのが感じられた。孝志の下腹部にも、一応恥毛は生えている。かなり薄いが。

勃起のつけ根あたりにも、赤い発疹が出ていた。

加那子のしなやかな指が、恥毛の付近に伸びた。そして、軟膏を塗りこんでいる。

むず痒いような感触が立ち昇り、やがて、それは我慢できないほどの欲望へと昇華していく。

孝志は、加那子の右腕をつかんだ。そして、勃起に近づけた。不意をつかれて、加那子の指が肉茎に触れた。

「あらッ、これはどういうことなのかな？」

加那子は、患者を傷つけまいとでもするように穏やかな口調で言って、やさしく手を引く。

「……好きなんだよ。加那子さんのことが大好きなんだ。だから……」

いた。


孝志はとうとう告白した。しかし、加那子は、

「何を言ってるの。今のは聞かなかったことにする。だから、ねッ」

そうはぐらかすように言って、孝志の指を自分の腕からはがして、ベッドに置いた。

その落ちつきすぎた態度が、逆に孝志の激情に火をつけた。

加那子の腕をたぐりよせて、ベッドに無理やり引っ張り上げる。

「いけません。孝志くん、落ちついて。自分のしていることがわかっているの？」

ベッドから離れようとする加那子を、抱き締めた。

背中と腰に腕をまわして、ギュウッと抱くと、加那子の体がしなった。そして、一瞬、力が抜けたみたいだった。

細身のはずなのに、こうして抱くとけっこうボリュウムが感じられる。だけど、柔らかくてゴツゴツしたところが全然なくて、いい匂いがする。病院特有のあのクレゾールみたいな匂いもまったく感じられない。

いつまでもこのまま抱いていたかった。しかし、そうはいかなかった。

「やめて、お願い……孝志くん、お願い」

加那子が耳元で囁いた。

強く拒まれれば、押し倒してでもという気にもなるだろうが、こう悲しそうな声を出されると、愛しさが先に立った。

「ごめんね。だけど、ぼく……もう、我慢できない」

ますます強く、腰を抱きよせた。

「駄目なの、駄目なのよ。わかって……お願い」

加那子は胸の前に手を置き、乳房を接しないようにして、いやいやをするように首を振った。

自分が加那子の立場だったら、こんなことをされたら困ってしまうだろう。自分はひどいことをしているのだと思う。だが、そういう気持ちと欲望はまた別物だった。

下半身のそれはこれ以上我慢できないというほど、勃起しきっていた。それに、このまま手をこまねいていたら、加那子さんは父に取られてしまう。

「わからないよ、わからないよ、ぼくには」

柔軟な肢体を持ち上げるようにして、ベッドに押し倒した。

腹の上に馬乗りになって、加那子を見おろした。加那子は泣いているみたいだった。

嗚咽を洩らして、ほっそりした指で顔を覆っている。

その手を顔からはぎ取った。加那子は目にうっすらと涙を浮かべて、こちらを見ていた。

その悲しげな表情に、今度は欲望をかきたてられた。自分にもこんな激しい感情が潜んでいるのかと思った。

「どうして泣くんだよ！」

胸ぐらをつかんで、揺すった。ナースキャップがガクガクと揺れた。

加那子が口を開いた。

「私はあなたのお父さまを看病するために、ここに来たのよ。なのに、この家はおかしいわ。それが悲しいの」

「……ひょっとして、親父とのことかい？」

言うと、加那子がハッとしたように目を見開いた。

「……さっき聞いてたのね」

「ああ、盗み聞きするつもりはなかったけど、聞こえちゃったんだよ」

「そう、そうなの」

「どういうことだよ！　この前、親父とは、患者との関係だけだって言ってたのに」

「……弁解はしないわ。でも……」

「でも、何だよ！」

「私たちは最後まで行っていないの。さっきもそうなの」

「気持ちよさそうな声、出してたくせに。どういうことだよ、最後まで行ってないって」

「あなたのお父さまは、出来ないの。アレが勃たないの」

孝志はびっくりした。そんなことは初耳だ。

「糖尿の合併症なのよ。あなたも医学書を読めばすぐに、わかるわ。糖尿病の患者のなかには、勃起不全におちいる人がいるの。お父さまはそれなの」

「ほんとに？　嘘だろ？」

「嘘ではありません」

加那子がきっぱり言った。

そうか、そうだったのか。孝志は絶望感が退いていくのを感じた。

「だけど、それなら、どうして？……さっきだって」

「……それに関しては、弁解しません。成り行きなの。どうしようもなかったの」

加那子がつらそうに言った。いったいどんな事情かは知らない。でも、加那子は安易に父を受け入れるような人ではないから、きっと何か事情があったのだろう。

だが、そんな理由など、今の孝志にはどうでも良かった。

父と最後まで行ってないとわかると、ますます加那子を自分のものにしたくなった。このいい匂いがする女を、もっともっと抱き締めていたかった。

3

でも、どうしていいかわからない。

孝志はがむしゃらに抱きついた。そして、右手で白衣の胸をつかんだ。

「まだ、わかってくれないの？　駄目よ。それに、私はあなたのお父さまと……」

加那子が苦しそうに言った。

「やってないんだろ。だったら、関係ないよ。もう、親父のことは言うなよ！」

白衣の胸をつかんだ指に力を込めた。すると、全然ブラジャーの感触がない。

薄い布地を通して、ソフトな乳房の丸みが伝わってくる。

(加那子さんはノーブラなんだ！)

きっと、さっき急いでいたので、ブラジャーをつける暇がなかったのだろう。

じかに乳房に触れたくなって、胸の中心を走るジッパーに手をかけた。その手を押さえて、加那子が言った。

「私もきみのこと、嫌いじゃない。でも、それとこれとは別。私はあなたのお父さまに雇われているナースなの。お父さまの糖尿のコントロールをするために来ているの。それをわかって欲しいの。こんなことをするために来たんじゃないの」

「そんなこと、わかってるさ。だけど……」

孝志は、加那子の手を振り払って、ジッパーを一気に引き下げた。

「あッ、いや」

加那子がひろがった白衣の胸元をよじりあわせた。

ちらりとのぞいた乳房の白さが、目に焼きついた。

孝志はたまらなくなって加那子の手をつかんでひろげた。胸のふくらみに顔を埋めた。

「あン……孝志くんは今、高校受験を控えた大切なときでしょ。だから、こんなことしてはいけない……あン、やめて」

しつこく拒む加那子に、孝志は頭に来た。ふくらみから顔をあげて言った。

「そんなことばっかり言ってると……加那子さんと父のこと、院長に言いつけてやる。看護婦のくせに、親父と出来てるって。いいんだな」

加那子は戸惑っていたみたいだったが、やがて、悲しそうな目を向けて言った。

「孝志くん、私を脅しているの？」

孝志は何も言わなかった。

「そんな子だったの？　違うよね」

「ぼくはそんな子なんだよ。加那子さんとするためなら、何でもするさ」

きっぱり言って、上から、加那子をにらみつけた。

加那子はじっと孝志を見ていた。様々な感情が交錯しているのがわかった。

しばらくすると、加那子は目を閉じた。急に力を抜いて、ぐったりした。

孝志はジッパーが下がって開いた胸元を左右にひろげた。すると、ミルクを溶かしこんだように白くて、きめ細かい肌の乳房がこぼれるように出てきた。

格好よく隆起した乳房は、乳首がツンと上を向いていて、その下半分の豊かな房が円錐形の全体を持ち上げている。

静脈が走っているのがわかるほどに薄く張りつめた乳房は、まさに、孝志が思い描いていたものだった。いや、それ以上かもしれない。

その豊かな双乳を目にしただけで、孝志は射精しそうになった。

(ああ、すごい。すごいよ)

素晴らしい乳房に惹きつけられるように、孝志はふくらみに顔を埋めた。いい匂いがする。それに、なんだかやさしい。まるで、母の胸に顔を埋めているみたいだ。

すくいあげるように下半分をつかみ、強弱をつけて圧迫した。それは想像していたよりはるかに柔らかくて、押せばどこまでも指が沈みこんでいきそうだ。

孝志は、二年前に亡くなった母のことを思い出していた。幼い頃、孝志はきっとこうやって母の乳房をつかんでいたのだ。

飛び出している乳首を、吸った。

甘えるように顔を押しつけ、チュウチュウと吸引する。

すると、それまで動きを止めていた加那子が、腕を伸ばしてきた。そして、孝志の頭を撫でさする。

髪の毛だけでなく、耳のあたりまで手を伸ばして、やさしく愛撫してくれる。

(ああ、ぼくを許してくれたんだね。ぼくの身勝手を……)

孝志はうっとりと目を閉じた。自分がどこか違うところにいるような気がする。きっとそこは天国だ。

陶然としながら、乳房をやさしく揉んだ。

「あッ……」

女の声が聞こえた。加那子だった。加那子が感じたときの声を洩らしたのだ。

(あんなにいやがっていたのに、胸を揉んだだけで、感じた声を出した。加那子さん、敏感なんだ。女の体なんだ)

男の本能に命じられるままに、孝志は右手を下半身へとすべらせた。

白衣の裾をめくりあげる。太腿の内側をさぐった。

アッと思った。ストッキングの感触が太腿の途中で途絶えた。それから上は素肌だった。太腿のひんやりした感触が指先にまとわりつく。

もう少しでアソコに届くという手を、その寸前で、加那子がとらえた。

「驚いたでしょ？　ブラジャーもパンティもつけていないの。お父さまにそうしろと命じられていたから」

「じゃあ、今日はノーパンだったの？」

「途中からね。エッチでしょ、私……いやだと言えば言えるはずなのに、そんな簡単なことができないのよ」

「親父がいけないんだ。あいつが」

孝志は太腿の奥に右手を押し込んだ。

「あッ……駄目ッ」

加那子が太腿をよじりあわせた。唇を噛み、いやいやをするように首を振っている。

孝志にはすぐにその原因がわかった。

加那子のアソコは濡れていた。ぬめぬめと粘液があふれていた。

「欲求不満なんだろ？　親父にいやらしいことされて、最後まで行かないものだから。そうだろ？」

孝志は思い切って言う。加那子は黙っていた。ということは、やっぱり、満たされていないのだ。

途端に肉茎が跳ね上がった。まるで、俺の出番だって言いたげに。

孝志は下半身のほうへ移動すると、すらりとした足をひろげた。

太腿までの白いストッキングが切れていて、そこから悩ましい肌色の内腿がひろがっていた。急激に太くなる腿の合わさるところに、少なめの繊毛がもわもわ生え、その下に肉の唇が息づいていた。

やや色の濃くなった亀裂は、襞が雫の形にひろがっている。

襞に囲まれたそこは、生のサーモンみたいな鮮やかな紅色に色づき、油を塗りたくったみたいにいやらしく光っていた。

（これが、加那子さんを女にしている、神秘の泉なんだ）

女のココを見るのは初めてなので、はっきりとはわからない。だけど、それがとっても男をそそるものだということだけはわかった。

見ているだけで、股間が疼く感じだ。

孝志は女とセックスしたことはない。だけど、これならやれる気がした。

加那子は動かなかった。手の甲で顔を隠して、開いた膝を立てている。時々、恥ずかしそうに太腿をよじる。

（やっていいんだ。加那子さん、許してくれている）

孝志は加那子の足の間に腰を入れた。

下腹を突き出すようにして、勃起をぬめりの中心に近づけた。

指を添えて、切っ先でそこらしき箇所をさぐった。

「ううン……」

加那子が少し腰をよじった。

ぬめりとした肉襞で先端を擦られて、それだけで孝志は射精しそうになった。

それをグッとこらえて、下腹部を突き出した。ヌルッとした感触があって、先っぽが逃げた。

二度、三度と試みるが、どうしても上手くいかない。焦れば焦るほど、先っぽが逃げてしまう。

加那子が上半身を持ち上げて、言った。

「初めてなのね」

切れ長の目で見つめられて、孝志は小さくうなずいた。恥ずかしかった。童貞であることが。しかし、加那子はこう言ったのだ。

「そう、嬉しいわ。私が初めての女なんて、光栄よ」

孝志はあらためて、加那子のやさしさを思った。この人は、男を傷つけるようなことは絶対しない。根っからの看護婦なんだ。

「私が教えてあげるわ、いい？」

「ああ」

「そう、そこに寝てちょうだい」

なまめかしい目を向けて、加那子は孝志にベッドに寝るように言う。

言われるままに仰向けになると、加那子が優雅な仕種で腹にまたがってくる。

邪魔な白衣の裾をめくると、いきりたつ肉茎を指でつかんだ。それから、孝志を見て言った。

「一回だけよ、約束できる？」

「……ああ」

「それから、このことは誰にも言っては駄目よ。絶対に」

「わかってるよ」

加那子は孝志の分身の角度を調節するようにして、腰をゆっくりと後方に突き出した。

先端が柔肉に包み込まれる感触があった。その心地よさにうっとりする。

次の瞬間、加那子が腰を落とした。徐々に腰を沈み込ませる。

それにつれて、孝志のそれは、女の海へと吸い込まれていった。

「ううッ」

女の子のような声をあげて、孝志は唇を噛んだ。

窮屈なところを、分身がズズッとなかまで潜りこんでいくのがわかった。まるで、温かいゼリーのなかに勃起を突っ込んだみたいだ。その微妙な温かさと何かがまとわりついてくる感じが、天国に昇ったようだ。歯を食いしばっていないと、精液が洩れてしまいそうだ。

「うあァァ……ううンン」

加那子が悩ましい声をあげた。

見あげると、加那子が眉根を寄せて唇を噛み締めていた。その大人の女の官能美にあふれる表情に、孝志はゾクゾクする。

きっと今、動かれたら、孝志はたちまち洩らしてしまっただろう。

だが、加那子はそういうところを心得ているのか、じっとしたままだった。お尻を後方に突き出し気味にして、しなやかに背中を反らしている。

まるで、体内におさまったペニスの感触を味わうように、唇を噛んだり、眉を折ったりして、「ううン」と秘めやかに呻く。

ストレートロングの黒髪が白衣の肩に垂れ落ちていた。そして、ひろがった胸元からは悩ましく膨らんだ双乳が、深い谷間とともにその見事な丸みをのぞかせていた。

孝志は本能に導かれて、甘美なふくらみに手を伸ばした。すると、その手をつかんで加那子が首を振った。

「駄目……声が出ちゃう。お父さまが様子を見にいらっしゃるかもしれないでしょ」

「そうだね」

「だから、孝志くんは何もしないで」

そう言って、加那子はゆるやかに腰を振りはじめた。

両手を腹について上体を立てる。足をひろげて、完全にまたがった姿勢でゆるやかに腰をグラインドさせる。

分身が揉みこまれるような快美感に、孝志は呻いた。

白衣から乳房を露出させた加那子の姿を見ていたかった。なのに、気持ちよくて、どうしても目を閉じてしまう。

すると、分身を包み込んでいる肉襞がさざ波のように蠢くのがわかる。ゼリーみたいな粘膜が、いろんな方向から分身を締めつけてくる。

「ああッ、駄目だ。出ちゃうよ」

「もう少しよ、もう少し、我慢して」

加那子は体を前に倒し気味にして、お尻を持ち上げた。そして、ゆっくりと上げたり下げたりする。

緊張しきった肉棹の表面が、狭いところで摩擦を受けて、孝志は射精しそうになる。頭のなかでは爆発していた。だがどういうわけか、出てこない。

きっと初めてで緊張して、それで精液がビビッているのだろう。

「ううン、あッ……うん、あッ……いや、声が出ちゃう」

加那子は右手の人さし指を噛んで、あふれそうになる声を押し殺している。それでも、ヨガリ声が洩れてしまう。

ナースキャップを蝶のようにひらひらさせていた加那子が、今度は腰を前後に振りはじめた。

深々と奥まで咥えこんだ肉棹を軸にして、恥丘を擦りつけるように前後にスライドさせた。

ギシッ、ギシッとベッドがいやな音をたてた。

「あぁッ、音がしてる。駄目よ、駄目よ」

加那子はうわ言のように呟き、腰の動きを止めた。でもしばらくすると、また腰を揺すりはじめる。

「駄目ッ、駄目……こんなこと、駄目よ」

そう言いながらも、徐々に腰の動きが激しく大きくなっていった。

(加那子さん、エッチなんだね。わかっていても、自分でどうしようもないんだ。でも、そういう加那子さんが好きだ。大好きだ)

孝志はキリキリと奥歯を食いしばった。そうでもしないと、射精してしまいそうだ。

今度はほんとうに出そうだ。加那子の動きが大きくなるにつれて、どんどん射精への欲求が逼迫《ひっぱく》している。

「うふッ、うふン……あぁッ、孝志くん、おかしいの。加那子、おかしいの」

加那子が、胸に伸びた孝志の手をつかんだ。指を組み合わせて、グッと体重をかけてくる。

そうやって体を支えながら、加那子は自分が動きやすくさせているのだった。

お尻を持ち上げて、落とす。怒張しきって躍りあがる肉茎を軸に、悩ましく腰をまわす。

ゼリー状の肉襞に揉みこまれて、孝志はもう我慢できなくなった。ペニスが蕩けていくような快美感が立ち昇り、下半身がジーンと痺れている。

「ううッ、出る。出るよ」

「ああ、いいわ。出していいのよ。孝志くん、出して」

加那子がキュッと腰をひねった。

次の瞬間、腰がもぎとられそうな愉悦の波が迸った。

「ああッ、しぶいてる……ああァ、うム」

孝志が射精した直後に、加那子が顎を突き上げた。顔をのけ反らして、カクッ、カクッと体を痙攣させた。

ペニスが溶けてしまいそうな快感のなかで、孝志は加那子の膣肉が激しく収縮するのを感じていた。

第四章　白衣の下の疼き

1

頭にナースキャップをつけ白衣を身につけた加那子は、高級車のリアシートに腰をおろして、窓から通りすぎていく街並みを眺めていた。

すぐ隣には、榎本秀行が体を接するように座りこみ、右手を白衣に包まれた太腿の上に置いている。

ひさしぶりの外出だった。散歩につきあう以外はしばらく外の風景を見ていなかったので、新鮮な気持ちだ。

榎本は自宅療養で、家のなかで電話やパソコンを使って社長業務をこなしていた。今日は、どうしても顔を合わせて話さなければならない用件ができて、R建設のビルに向かっている。加那子は榎本の付添いである。

むっつりと押し黙っていた榎本が、口を開いた。

「この頃、晴れ晴れしい顔をしているが、何かいいことでもあったか?」

「いえ……」

短く答えて、口をつぐむ。

「そうか? どこか、顔が華やいで見えるんだが」

「気のせいですわ」

そう答えながら、加那子は内心の動揺を押し隠している。

三日前、孝志の激情を受け入れたことが思い出される。今、考えても、どうしてあんなことをしてしまったのかと、赤面する思いだ。

孝志の一途な思いに押し切られたかたちだった。アレルギーのある薬を飲んでまで、加那子の気を惹こうとした孝志の内面に流れる激情を、ああいうかたちでしか、受け止めることはできなかった。

でも、榎本の観察眼が確かだとすれば、加那子はあの短いセックスで変わったのかもしれない。そういえば、あの後で気持ちが晴れやかになった気がする。

実際に性交はしていないとはいえ、父と子の双方と体を合わせたのだから、本来ならもっと悩んでいいはずだ。落ち込んでいいはずだ。真っ正直な女なら、とてもこの家にはいられないだろう。

なのに、自分は榎本に言わせると「華やいで見える」という。

もしかして、私は自分が思っていたより、ずっと強い女なのだろうか。いや、強いというより、むしろ図太い。そのことがいやだ。

榎本が加那子の左手をつかんで、ズボンの股間に引き寄せた。

「いけません」

小声で言って、それとなく手を引こうとする。

だが、榎本は意に介さない様子で、加那子のほっそりした指をズボンの膨らみに押しつける。

(しょうがない人)

加那子はちらりとルームミラーに視線をやって、専属運転手が前を向いていることを確かめた。

ふんぞりかえって足をひろげている榎本の股間を、やわやわと揉む。

皺袋の柔らかな手触りとともに、肉の棒のちょっと硬くなったコリコリした感触が伝わってくる。

　この肉の柱が正常に機能していたら、加那子はこの男に支配されていたかもしれない。その意味では不幸中の幸いだったのかもしれない。

　うっとりと目を閉じていた榎本が、目を見開いた。榎本は死んだ魚のような目をしている。どことなく眼光に精気が感じられない。糖尿のせいかもしれない。

　それでも、この義眼のような目の奥に、周囲を隈なく観察する抜目のなさが潜んでいることを、加那子は知っている。

　榎本は右手で、加那子の太腿を撫でさすった。そして、白衣の裾を徐々にたくしあげ、太腿を開かせた。

　ひろがった内腿に指を遊ばせながら、言った。

「お前、不自由はしていないか？」

「不自由？　これといってありませんが」

「そうか、それならいいんだが……ところで、恋人はいないのか？」

　親子揃って同じことを聞く、と微笑ましく思いながら、

「いません」

　と、短く答えた。

「信じられんな。お前のようないい女を男が放っておくわけはないんだが」

「看護婦は多忙ですし、勤務時間も不規則ですから。よほど理解がないと、おつきあいは難しいです」

「その割りには……」

榎本が耳元に口を近づけて、囁いた。

「その割りには、感度がいい。誰かに仕込まれたのかな?」

加那子は内科部長の顔を思い出したが、

「知りません」

と、冷たく答えた。

「まあ、いい。不自由がないならな」

榎本はそう言って、右手を内腿から股間へと持ってきた。

白のパンティストッキングから透け出た薄いベージュのパンティ。むっちりと充実した太腿の奥に刻まれた肉の襞を、男の指が這いまわる。

加那子は耳元で訴えた。

「いけません。私は付添いで来たんですよ。こんなことのために……」

だが、言葉が続かなかった。

「うあン」

こらえきれない喘ぎをこぼし、榎本の腕をつかむ。

ちらりとルームミラーを見ると、運転手と目が合った。中高年のリストラ寸前という感じの男が、いけないものでも見たように目を伏せた。


R建設のビルは十階建てで、敷地面積も広く、郊外のこの街では他のビルを圧していた。R建設はゼネコンでは中堅どころらしいが、それでもこの威容を誇る自社ビルを見ると、あらためて、榎本秀行という男の持つ力を思わずにはいられなかった。

自動ドアを通って、ビル内に入っていくと、社長の姿を目に留めた社員たちが揃って頭を下げる。

二人の受付嬢が立ち上がり、礼儀正しくお辞儀をした。

加那子は白衣姿で往診の鞄を手にし、榎本の少し後を歩調を合わせて歩く。

やはり、ナース服は目立つのか、社員たちが社長にお辞儀をした後で、複雑な目を加那子に向ける。

そのとき、奥のエレベーターのほうから、一人の男が近づいてきた。

三十前後だろうか、ブランドもののパリッとしたスーツを見事に着こなし、笑顔を向けて歩いてくる。

その彫りの深い顔だちに、加那子は少しドキッとした。

日に焼けた精悍な顔を見て、加那子はローマ時代の運動選手はこうではなかったかと思った。

近くにくると、長身だった。百八十五センチはあるように見えた。加那子も女性としては背が高いほうだが、それでも見上げなければならなかった。

「社長、ご苦労さまです。お待ちしておりました。体調のほうはいかがですか?」

男は如才なく榎本に声をかける。

「ああ、大丈夫だ」

「それはよかった」

男が微笑んだ。白い歯がまぶしい、屈託のない笑顔だった。

「この人が、社長の専属ナースですか?」

男が加那子を見て、聞いた。

「ああ、そうだ。市村加那子さん。私の面倒を見てくれている、いろいろとな」

紹介されて、加那子は深々と頭を下げた。

「この男は、緒方俊雄《おがたとしお》。私の秘書だ。よろしくな」

緒方という男は、いきなり右手を出して、握手を求めてきた。

加那子は驚きつつも、鞄を左手に持ち直して、右手を出した。その手を緒方が強く握った。外見とは違って、意外と柔らかなてのひらに加那子は胸がざわついた。

「おきれいな方ですね。社長がなかなか出てこられない理由がわかりましたよ。こんな美人に看病してもらってるんじゃ、不細工な男どもの顔は見たくないわけだ」

そう言いながらも、緒方は握り締めた手を放そうとしない。

「加那子さんですか……私の仕事を取らないでくださいよ」

「そんな。私はただの看護婦ですから」

「そうかな。後ろから付かず離れずに歩いてくるところなんかは、立派な社長秘書だ」

二人の会話に業を煮やしたのか、榎本が言った。

「緒方、調子に乗るな。行くぞ」

緒方はようやく手を放した。

そして、二人で肩を並べて歩きながら、仕事の話をしはじめた。

「この見積もり価格では、T社に負けますよ」とか、「最低制限価格は、わかっているのか?」といった声が聞こえてくる。どうやら、公共事業の入札で揉めているらしい。

こういうことに関して縁のない加那子は、まるで映画を見ているようだと思いつつも、二人の後をついていく。

先ほど緒方に握られた手が、妙に火照っていた。

2

その日、榎本は夕方近くまでかかって、溜まっていた社長業務をこなすと、秘書にホテルをとらせた。

「家にお帰りにならないんですか?」

体調を心配して加那子が聞くと、榎本は社長室から外の景色を眺めながら答えた。

「ああ、まだやり残したことがある。それに、お前がついているから、大丈夫だ……インスリンは持ってきているんだろ?」

「ええ、明日の分までは」

インスリン注射の予備は鞄のなかに入っている。

「じゃ、大丈夫だ。お前も行くんだぞ、もちろん」

頷きながら、加那子は少し不安になった。

その予感は的中した。

ホテルのセミスィートルームで、一時間ほど、重役連中が顔をつきあわせて密談してから、彼らは帰っていった。

その後、榎本はルームサービスでワインを頼んだ。糖尿にはアルコールはよくない。榎本はワイングラスに一杯ほど飲んだだけで、後は加那子に勧めた。

「いえ、けっこうです」

加那子は断ったが、榎本は執拗だった。

「もったいないじゃないか。幾らすると思っている。それに……お前もたまには羽目を外したらどうだ。飲めないわけではないだろ」

よく冷えた白ワインを榎本自らの手で注がれると、断るわけにはいかなかった。

透明度の高い麦わら色のワインを一口飲むと、ちょっと渋いが意外にさっぱりしている。喉ごしが柔らかで、口あたりのいいワインだった。ホテルに入ったときに、すでにインスリン注射を打ってあったし、榎本の体調もよさそうだ。

榎本の誘い水に乗って、病院内部のよもやま話をしているうちに、加那子は酔いを感じた。榎本も会話の合間を縫って、グラスに麦わら色の液体を注ぐ。

男が女を酔わせようとするとき、その裏に魂胆があることくらいは、加那子も承知している。

すでに体を許してしまっているが、孝志とのことがあるから、前のようには考えられない。いくら血が繋がっていないとはいえ、父子と寝るなど、悪女以外の何ものでもない。

それでも、アルコールをひさしぶりに口にしたせいか、加那子の気持ちは溶解していく。父子とセックスをしてはいけないという道徳心が次第にゆるやかになり、代わりに、男に身を預けたいという本能的な欲望がひろがってくる。

やがて、榎本は、ソファに腰かけていた加那子の隣に席を移すと、白衣の膝に手を置いた。

「いけませんわ。ただでさえお疲れのところ、お体に障ります」

やんわりとたしなめるが、それで諦めるような男ではないことは承知している。

「本気でそう言っているのか？」

「もちろん」

「そうか。ありがたいことだな。いつも体を心配してくれる女が傍にいるということは……心配するな。こっちはいたって元気だ。ひさしぶりに仕事らしい仕事をすると、こう、力が漲る感じがするよ」

榎本は肩を抱きよせて、耳元で言った。

「お前にはつらい思いをさせているな。つまり、アッチのことだ。いつも、蛇の生殺しのようなことをして」

「蛇の……生殺しですか？」

「そう、じゃないか？」

「さあ、どうでしょうか？　蛇ではないので、わかりません」

冗談ぽく言って、加那子は微笑んだ。

「そうか……私にはお前は蛇に見える。女の蛇だ。いやらしく体をくねらせて、雄を誘う」

私はそんなことはしていないと思いつつも、加那子は反論しなかった。

その代わりにこう言った。

「蛇の生殺しが、可哀相だとお思いになるのなら、そういうことはおやめになったら、いかがですか？」

「くくッ……ところが、これがやめられないんだな。それに、ときには生殺しで終わらないことがある。私はそれに期待をかけている」

そう言って、榎本は加那子を押し倒した。

ソファに倒れた加那子にのしかかるようにして、加那子を見る。

酔いで目尻のあたりがポーッと桜色に染まっている。凛として賢そうな目だが、どこか男を誘わずにはおかない色気がある。

口づけをせまると、かるく顔を横に向けて、拒んだ。

「いけません。こんなことなさったら、ほんとうにお体に障ります」

ナースの職務を思い出したかのように忠告する。だが、心の底からそう思っているのかどうかは怪しいものだ。

「ふふっ、こういうことをするから、元気になるんだ。私を元気にしたかったら、協力しろ」

顎をつかんで正面を向かせ、キスをせまった。今度は、拒むことはしなかった。

ひさしぶりの外出で念入りに化粧をしたのだろう、それとわからなかったが、加那子の唇には地味な色の口紅がしっかりと引かれていた。

ルージュの匂う唇を奪い、丹念にキスをした。

閉じられた唇を舐め、吸ううちに、喘ぐような息づかいとともに、唇がほどけた。舌をすべりこませ、加那子の舌をさがしあて、誘い水をかける。

すると、これまでこらえていたものを一気に解き放つように、加那子は舌をからめてきた。

情熱的に舌を吸い、淫らなやり方で舌を躍らせる。

腕を背中にまわし、恐々と抱き締めてくる。

「うふッ、うふッ」と鼻にかかった声を洩らし、榎本の舌技に応えようとする。

(初めてのときもそうだった。この女の体は男に応えるように出来ているらしい)

榎本は白衣の上からブラジャーごと乳房を揉み、さらには、白衣をめくりあげて太腿の奥をさぐった。

愛らしい鼻声を洩らし、切なげに腰をくねらせる加那子。

キスをやめると、加那子は胸を喘がせながら、何かを訴えるような目で榎本を見る。その悲しみを宿した哀願するような瞳が、男心をかきたてずにはおかない。

榎本はソファを降りると、加那子をソファに座らせた。そして、足をひろげさせて、少し持ち上げるようにして太腿の奥に顔を埋めた。

ムワッとした熱気がこもる神秘のゾーンは、半透明なパンティストッキングからシルクベージュの上品なパンティが透けだしていた。

そして、ストッキングのシームがちょうど花肉のスリットのセンターに食いこむようにして、左右のぷっくりした肉土手を強調している。

(歳をとっても、ここが男にとっての極楽であることに変わりはない)

鼻面を押しつけるようにして、匂いを嗅ぐ。

それから、淫靡な部分に舌を走らせる。

何度も舌を往復させるうちに、そこの部分だけが染みになる。それにつれて、ジリッ、ジリッと腰が揺れはじめた。

御馳走にでもしゃぶりつくように、一心不乱に舐める。そうするうちに、

「うふッ、うふッ」

なまめいた声が聞こえはじめた。

顔をあげると、加那子が白衣に包まれた上体をのけ反らし、白い喉元をさらし

て、指を噛んでいる。

声が出ないようにしているのだろうが、その恥じらいに満ちた仕種が榎本にはこたえられない。

いっそう強く舌でクリトリスのあたりを擦りあげながら、手を伸ばして、白衣の胸をつかんだ。ブラジャーの感触がするふくらみをやわやわと揉むと、

「ああッ、ううンンン」

加那子がもどかしそうに腰をよじった。

微妙に揺すりながらも、恥丘をせりあげるような動きを示す。

もっと強く舐めて欲しいとでも言うように、下腹部を突き上げてくる。

ナースキャップをつけた正式な看護婦の格好をしているだけに、その痴態がいっそう淫らに感じられる。

榎本はパンティストッキングに手をかけて、一気に引きおろした。

パンティもろとも引きさげ、足首から抜き取った。

パンティストッキングを剝ぎ取られた素足は、膝から上がむっちりとした女の肉の質感に満ちていて、生々しいほどの女の色香を匂わせている。

榎本はその足をつかんで、上に持ちあげた。白衣の裾がめくれて、総革張りの

ソファの上で眩しいほどに白い光沢を放つ太腿の裏側と、それに続く豊かなヒップが目に飛び込んでくる。

足を開かせると、加那子の女の部分が露わになった。薄い飾り毛が流れ込むあたりで、薄紅色に色づく蘭の花が、ひっそりと息づいていた。

「ああ、いやッ」

恥ずかしそうに秘部を隠す加那子。その手を払いのけて、顔を埋めた。

女の匂いを放つ甘美な肉の花を、愛しいものでも舐めるように丹念にしゃぶる。

歳をとってから、ますます女のここに愛着を覚えるようになった。自分が生まれてきたところに戻ろうとしているのかもしれない。

若いときは、クンニは女に奉仕しているようであまりする気にならなかった。

しかし、今はこの湿りけを帯びた女のぬめりを、いつまでも味わっていたい。

しゃぶっているうちに、肉の扉が開いて、鮭紅色にぬめる内部の肉層がのぞいた。その誘惑的な肉襞に舌を差し込み、上下に擦る。

さらには、上方の突起まで舌を伸ばして、包皮から顔を出した敏感な真珠を舌先で突くように可愛がってやる。

「ああッ、そこ……ううンン」

加那子が顎を突き上げて、喘いだ。ナースキャップをのけ反らせ、手をどこに置いていいのかわからないといったふうに、さまよわせている。

いい女だと思う。男に可愛がられるために生まれてきたような素質に恵まれた女だ。

できることなら、この膣肉を男の武器そのもので味わってみたい。突きまくって、よがり泣くところを見てみたい。

榎本はクンニをやめると、加那子を立たせて白衣を脱がしにかかる。

ジッパーに手を添えて引きおろしても、加那子はされるがままに身を任せている。

白衣を足のほうから引き抜いた。ブラジャーだけをつけた姿に卑猥さを感じながらも、加那子を後ろ向きにする。

団子のように丸くまとめられた髪の、ちょっと後ろの部分にナースキャップが留められていた。

柔らかそうな毛がほつれつく襟足が悩ましかった。髪の生え際からうなじにかけての楚々とした美しさ。そして、なだらかな肩にかけての女らしいライン。

女の美を凝縮したような襟足に見とれながら、背中のホックを外して、ブラジャーを肩から抜き取った。

人の目にさらされた白い乳房を恥ずかしそうに隠す加那子。

榎本も急いで服を脱ぐ。素っ裸になって、加那子の手をつかみ、ベッドへ引っ張っていく。

3

「そうだ、それでいい。もっと、指を動かせ」

ベッドに座った榎本は、目をギラつかせて言う。

「あぁァ、いや……恥ずかしい」

加那子は消え入りたげに言って、うつむく。

ベッドのヘッドボードに背中をもたせかけ、足をひろげて、花肉に指を遊ばせている。

オナニーをするように命じると、加那子はためらいながらも媚肉をいじりはじめた。この前は、フェラチオさせても結果が出なかった。それで、オナニーさせておいて、自分でしごいたら元気になるかと考えたのである。

加那子はナースキャップを頭に載せているだけで、あとは生まれたままの姿だ。

左手で胸のふくらみを揉みながら、右手を股間に伸ばして恥肉をいじっている。

先ほどまでは、指づかいに躊躇が感じられたが、今はすっかりその気になったようで、次第に指づかいが熱を帯びてきた。

「うふッ、うふッ……ううンン」

なまめかしい声を洩らし、開いた足を切なそうに内側へよじりたてる。

足の親指が情感の高まりにつれて、反り返り、ギュウと内へ曲がる。

その淫靡な肉体の反応が、榎本にはたまらない。

大袈裟な仕種や言葉は嘘をつく。演技でできる。だが、太腿の微妙なたわみや親指の動きなどは、意識してはできないだろう。

それまで花肉全体を触っていた加那子の指が、クリトリスへと集中しはじめた。

肉蘭の上方にある突起を、指腹でまわすようにしていじっている。

「それか……それが、お前がマンズリするときのやり方なんだな。クリトリスをいやらしくいじりまわすのが」

「……ああ、言わないでください」

「聞いているんだ。答えなさい。それが、お前のやり方なんだな」

「ええ、そうです」

「オマ×コが疼いてたまらんときは、いつもこうやって、ひとりで慰めているんだな」

「はい……いつもこうやって、クリトリスを……ああ、いやッ、いじめないで」

榎本は体を寄せると、加那子の左手を取って、肉茎に触らせた。

むっくりと重そうな頭をもたげかけている太棹を、握らせる。

すると、何も言わなくとも加那子はそれをしごきはじめた。ぬめ光る花肉をいじりながら、一方ではゆるやかに肉茎を擦る。

「うふッ、うふン……あッ、ううン、ああァァ」

逼迫した声を放ち、上気した顔を上げ下げする。

湧きあがる愉悦の波を封じ込めようと、息をつめる。息が続かなくなって、

「うはッ」と喘いで短く息を吸う。

その女の欲望を露わにした行為が、たまらなくそそる。

汗ばんで妖しくぬめ光る白い乳房が、何かを求めるように波打っていた。

榎本はもの欲しげに上下する乳房をつかんだ。むっちりした量感を伝えてくるふくらみをすくうように揉み、さらには頂きの蕾を転がす。

「いやッ、それ！」

加那子は差し迫ってきた高まりを露わにして、裸身をくねらせる。

全身からフェロモン臭をただよわせ、切羽詰まった様子でクリトリスを刺激している。自分の高まりに負けて、肉棹をしごく指の動きが止まる。

高波がいったん静まると、思いついたように肉茎への刺激を再開する。

「ふふっ、どうした？　欲しいのか、これが？」

榎本が耳元で聞くと、

「ああ、欲しい。ください」

叫ぶように言って、体をよじった。オナニーをやめて、すがりつくように肉茎に指をまわした。

もう一刻も待てないといった様子で、情熱的に肉棹をしごく。半勃起の状態の肉塊をキュッ、キュッと擦りあげて、なまめかしい吐息を洩らす。

（大きくなってくれ、硬くなってくれ）

榎本は心のなかで祈る。今、これが完全勃起できるなら、公共事業のひとつやふたつ、他社にくれてやってもいいと思う。

加那子が唇を濡らす湿った音がした。

温かいぬめりが、全体を覆った。

加那子が肉茎をすっぽりと口に含んだのだ。足のほうにまわった加那子は、手を使わずに口だけで分身を包み込んでくる。

強く唇を締めて、大きく上下にスロートさせる。

糊の効いたナースキャップが揺れて、腹をくすぐる。

それでも、硬くならないと見るや、今度は指を使って肉茎を上下に擦る。そうしながら顔を横むけて、裏筋のあたりにチロチロと舌を這わせる。

「おおゥ、加那子、いいぞ」

力が漲る気配を感じて、榎本は唸る。

それを感じとったのか、加那子は裏筋はおろか、その下で呼吸している皺袋にさえも舌を這わせてくる。

皺のひとつひとつを伸ばそうとでもするように皺袋を舐めながら、肉棹を懸命にしごいている。

(おおゥ、たまらん!)

頭のなかでは勃起していた。だが、どういうわけか、肝心のものはそれ以上は硬くならないのだ。

こんなにも献身的に奉仕してくれているというのに。触れなば落ちんというところまで、濡れきった女体が目の前にあるというのに。

(やはり、私は駄目なのか)

榎本はひどく落胆した。それにつれて、つい今し方まで勃起の気配のあった分身から、力が失せていく。

「もう、いい！」

加那子を乱暴に突き放した。

加那子は目の縁を淡いピンクに染めて、胸を喘がせている。戸惑いの色を浮かべた加那子を横目に見ながら、榎本はベッドから降りた。

そして、ベッド脇のテーブルに置いてある電話を取った。

第五章　社長秘書の要求

1

（どこに電話をかけたのかしら？）

体の奥でくすぶる官能の火をもてあましながらも、ベッドの上掛けで体を隠した加那子は、榎本の取った行為を不可解に思った。

すぐにドアがノックされる音がした。ガウンをはおった榎本が応対に向かった。

（ルームサービス？）

ベッドからは入口は見えない。加那子が耳を澄ましていると、男がヒソヒソ話をしている声が聞こえた。

やがて、榎本が姿を現した。その背後に頭ひとつ抜きんでている男を見て、驚いた。

緒方だった。今日会ったばかりの社長秘書の緒方が、無表情な顔でこちらを見ている。

自分が裸であることを思い出して、加那子はあわてて上掛けのなかに体をすべりこませた。

「ど、どういうこと?」

榎本のほうを見る。

榎本は、ベッドのなかの加那子に屈み込むようにして言った。

「きみへのプレゼントだ」

えッ、という表情で、加那子は見つめ返した。言っている意味がつかめない。

「私がこういう状態で、お前には申し訳ないと思っている。それで……わかるな」

その間にも、緒方は落ちついた態度で服を脱ぎはじめた。ブランド品の背広を脱いで、椅子にかける。

ワイシャツの手首のボタンを外し、前のボタンをひとつ、またひとつと外していく。

（まさか、私にこの男と寝ろと言っているの？）

そうとしか考えられない。

「いいから、この男に可愛がってもらえ。やっていいんだ。とどめを刺してもらえ」

そう言って、榎本は隣室の応接間へと歩いていく。

加那子はどうしたらいいのかわからなかった。確かに榎本と最後まで行けないことに物足りなさは残っていた。しかし、だからと言って、他の男と寝るなど、馬鹿げている。

自分はそれほど、男に飢えているように見えるのだろうか？　ましてや、自分の秘書に愛しているだろう女を与えるなどという、榎本の行動は理解できない。暴挙としか思えない。

戸惑いを感じているうちにも、緒方はごく自然な仕種でトランクスをおろす。

緒方が前を向いた瞬間、加那子は目をみはった。

黒々とした叢から、リュウとした怒張がいきりたっていた。

見てはいけないものを見た気がして、あわてて目を伏せる。

それでも、楔《くさび》のように発達した亀頭の逞しさが目に灼きついていた。

(どうして、こんなに気持ちが揺らいでいるの?)

内心の動揺を隠せないでいると、緒方が近づいてきた。そして、上掛けを毟りとるようにはいだ。

「あッ!……」

加那子はとっさに背中を向けて、胸を覆い膝を引き寄せた。

その背中を、緒方が撫でてくる。肩のラインに沿って撫でおろし、脇腹からヒップに向かって、ひんやりしたてのひらが這う。

体が震えた。かるく愛撫されただけなのに、全身に鳥肌が立った。

「やめて……こういうのは、いやです」

かろうじて、声を絞り出す。

「あなたの気持ちはよくわかる。しかし……」

緒方が、加那子の体を向き直らせた。緒方の端整な顔を正面から見るかたちになって加那子は恥じらいの表情で目を伏せた。

「大きな声では言えないが……私は加那子さんに惚れてしまったかもしれない。先ほどお会いした瞬間に、体が震えた」

甘く囁きながら、緒方は加那子を抱いて引き寄せた。

「だから……わかって欲しい。私は決して、社長に言われてこうしてるわけじゃない。あなたを抱けることを、心から幸せだと思っている。ほんとうだ」

加那子も、男の甘い言葉を鵜呑《うの》みにするほどうぶではない。それでも、気持ちが揺れた。かたくなに閉じていた心が、わずかに開く。

もともと会った瞬間に、ドキッとしたほどの男だ。その男に告白されて、気持ちが動かないわけがない。

それでも、どこかにこんな背徳的なことをしてはいけないという気持ちがある。それをほぐすように、緒方の手が顎から首筋にかけて這いおりる。

女扱いに慣れた手だと思った。きっとプレイボーイに違いない。この容姿で何人もの女を泣かせてきたのだろう。

体を引こうとした。そこを、乳房をグイと鷲づかみされると、「あッ」と声が出た。

乳房をつかまれているだけで、身動きできなかった。

甘い男性用化粧品の匂いが、加那子の抵抗力を奪っていく。

緒方は乳房の頂きに齧りついた。すでに恥ずかしいほどにせりだしている乳首を甘噛みされて、「うはッ」と加那子は喘いだ。

考える余裕を与えまいとでもするように、緒方の手が下半身に伸びた。

太腿の内側を撫でられると、よじりあわせていた足から力が抜けていく。

「濡れているね」

緒方は顔をのぞきこむと、口端を吊り上げるように微笑んだ。

顔ではにこやかな表情を作っているが、指のほうは太腿をこじあけて、濡れ芯に達していた。ほころびはじめている肉の花びらを指が這う。

「ううゥ……」

あふれそうになる声を懸命に押し殺した。

それでも、花芯の部分を指腹でなぞられると、こらえきれない喘ぎが迸りでた。

「あッ……あッ……」

あられもない声が聞こえる。その声が、加那子を打ちのめす。

(私は相手が誰でも、感じてしまう女なのだろうか？　そんなに淫らな女だったのだろうか？)

緒方は指にねっとりした粘膜がまとわりつくのを感じて、いっそう愛撫に力を込めた。

やはり、充たされていないのだ。それはそうだろう。これだけ敏感な肉体をしているのに、とどめを刺して貰えないのだから。

これまでにも、社長のピンチヒッターを勤めたことはある。だが、皆、商売女で、こんないい女はいなかった。ましてや、社長の専属ナースである。これほどのファーストクラスの女であれば、緒方だって、看病してもらいたくなる。

さっき、女心を溶かせるために吐いた臭い台詞《せりふ》は、まんざら嘘ではなかった。社長の手前、できないが、社長がいなかったら、自分の愛人にしたい女だ。

下腹が淫靡にくねりはじめたのを察知して、緒方は体を起こした。

乱暴なやり方で、加那子の足をつかんで腰を割り込ませた。

突入の姿勢をとって、応接間のほうに目をやる。

社長がソファから、首をひねるようにしてこちらの様子をうかがっていた。毎

2

度のことながら、みっともない。

俺は絶対にああはなりたくないと思う。もっとも、日頃から体を鍛えて太りすぎないようにしているし、自分のアレは元気すぎて困っているほどだから、しばらくは絶対大丈夫だろうが。

「加那子、入れるよ、いいな」

一応、聞いてみる。加那子は右手で顔を隠して、黙っていた。

「いやなら、やめるよ」

やさしさを装って、聞いた。

それでも、加那子は黙っている。だが、素晴らしく充実したDカップほどの乳房は喘ぐように波打ち、息づかいも乱れて、肉路を貫いて欲しいことは目に見えている。

「どうした？　やめるぞ」

追い討ちをかけると、「ああッ」と喘ぐような声を洩らし、悲しそうに眉をひそめた。

「ふふっ、いいんだ。社長に義理を立てることはないんだぞ。入れて貰いたいんだろ、うン？」

猫なで声で本心を引きずりだす。

「言うんだ」

今度はきっぱり言うと、加那子は泣きだす前のように眉根を寄せた。

「……入れて」

そう言って、哀願するような目を向けてくる。

その濡れた悲しげな瞳に、緒方はひどく興奮した。

(こいつ、マゾか?)

ほとんどの女はマゾ的な要素を抱えているが、この女はその度合いが強い気がする。乱暴に扱われたほうが燃えるタイプのような気がする。

緒方はどちらかというとサドだから、マゾ的な女はすぐにわかる。

ならばと、緒方はベッドの脇に置いてあったガウンの紐を持ってくる。そして、加那子をベッドに後ろ向きに座らせて、両腕を背中のほうにまわした。

「ああ、何をするの?」

怪訝な表情で首をねじる加那子。そのほっそりした手首を引いて重ねあわせると、紐を巻きつけていく。ほどけないように縛る。

傾いたナースキャップを頭の後ろに載せて、後ろ手にくくられてうなだれる女。

そのチェロに似た曲線を持つ後ろ姿が、緒方の欲望をそそりたてた。

そのまま前に倒して、顔がつくあたりに枕を置いた。露わなヒップをグイと持ち上げた。

「あッ、いや……」

加那子が腰を横に崩して、太腿を閉じ合わせる。

再度、腰をつかんでヒップを後方に突き出させた。

逃げられないように背中にまわった手首を押さえ、屹立をあてがった。

ぬめ光る肉孔をのぞかせている花芯を、一気に貫く。

「うはッ！……」

痛切な声を洩らし、加那子は白い裸身を身悶えさせる。

かるい痙攣を起こす女体を支えながら、もう一度深々と押し込んだ。

素晴らしい食い締めだった。よほど餓えていたのか、膣肉が「これが欲しかったの」と言わんばかりに、肉棹を締めつけてくる。

腰を両手でつかんで、じっくりと攻めていく。

スローピッチで埋め込んでいき、下腹部を突き出すようにして奥のほうにまで切っ先を届かせる。

加那子は顔を横向けて、声を押し殺していた。

それでも、抜き差しを繰り返すうちに、次第に変化があらわれた。最奥まで届かせると「あはッ……」と口を開いて喘ぐ。

しばらくその姿勢で肉襞の食い締めを味わい、ゆっくりと引いていく。すると、幾重もの肉襞がそれを阻止するかのように蠢いて、硬直にまとわりつく。

女体が少しずつ愉悦の塊を溜め込んでいくのがわかる。女を攻略するには、焦りは禁物だ。こうして、快美感を溜め込ませることが後半の爆発につながる。

緒方は屹立を奥に届かせておいて、覆いかぶさるようにして乳房をマッサージする。

汗ばんだ乳肌はしっとりと指を押し返してくる。大きすぎず小さすぎず、ちょうどもってこいの乳房である。

房をつかみ、頂上の硬くしこった蕾を、指で挟んでねじりあげる。

「ああッ……」

なまめかしい声とともに、背中がうねった。加那子は肩を入れるようにして、顔をそらす。

「動かして欲しいか？」

「ああ、意地悪しないで」

「意地悪？　ということは、加那子は動かして欲しいわけだな」

「……知りません」

「素直にならないと、こうだぞ」

乳首をギュウとひねりあげた。

「いやあッ！」

加那子が悲鳴をあげて、歯を食いしばる。

膣肉がギュ、ギュッと痙攣して、硬直を揉みこむように締めつけてくる。

「そうら、言うんだ。本音を吐くんだ」

さらにつねりあげると、加那子はつらそうに眉を折り曲げた。

「ううッ……ごめんなさい。動かして欲しいの」

「こいつが欲しかったんだよな。とどめを刺して欲しかったんだよな」

さらに追い討ちをかける。

「はい、欲しかった。最後までいきたかった」

加那子は泣きそうになって答える。

「ふふっ、困った女だよな。お前は。淫乱なんだよ、好色なんだよ」

緒方は上体を起こすと、ヒップを鷲づかんだ。乳房とは違い、みっちりと細かい脂肪の詰まった尻肉だ。五本の指を食い込ませると、「いやァァ！」と、加那子が悲鳴をあげた。

「そうら、これでどうだ」

がっちりと腰を抱えて、連続的に腰を打ちすえた。

「あッ、あッ……あ、あ、あッ！」

乳房を波打たせて、たて続けに喘ぐ加那子。

後ろ手にくくられた手の指を、ジャンケンでもするように開いたり閉じたりする。

「いいだろ？　気持ちいいか？」

「あ、はい……いいわ。気持ちいいわ」

加那子は思わず本心を吐露する。

打ち込まれるたびに、ズンッ、ズンッと衝撃が体内に響きわたる。すると、切なくて切なくて叫びたくなるような快美感の波が押し寄せてくる。

緒方とのセックスは、やはり、孝志とは違っていた。まるで怒濤を受けて、岩に叩きつけられるようだ。

体が根こそぎ、持っていかれるような気がする。

「そうら」

緒方が気合を入れて、叩きつけてくる。

「あンッ、あンッ、あンッ」

ストロークに合わせて、加那子は声をあげていた。

全身に悦びの波が及んでいる。しかし、両手を後ろでくくられているので、体がままならない。

抱き締めたかった。緒方にすがりつきたかった。でも、それはできない。

這わされているために、顔も満足に動かすことができない。

金縛りになったようだ。磔《はりつけ》にされているようだ。身動きできなくなった加那子を、緒方は容赦なく攻めてくる。

出口を失った喜悦の波が封じ込められ、切なさの塊が溜まっていく。

そのとき、喫水線を越えた水があふれるように、加那子のなかで何かが弾けた。

「い、いやァ!」

甲高い悲鳴をあげ、ガクガクッと背中を震わせる。

「どうした、加那子?」

「あぁッ、ちょうだい。もっと、もっと、ちょうだい。加那子を突き殺して！」

自分でも信じられない言葉を吐いて、加那子は腰を左右に揺すった。

もっと深くとでも言うように、ヒップを突き出した。

「ふふっ、おねだりか。よし」

緒方が猛烈に叩きこんできた。

後ろ手にくくられたその手首のあたりをつかみ、馬を御する騎手のように操りながら、怒張を送り込んでくる。

「いやァァ！……おかしい、おかしいの」

「どうした？」

「ああ、浮いてる。どこかに飛んでいってしまいそう」

「どこへ飛んでいってもいいぞ。俺が押さえているからな。そうら」

緒方が続けざまに打ち込んできた。

グイッ、グイッと体内深く怒張を送り込まれるたびに、加那子は高まっていく。

一突きされるごとに、頭のなかがショートしたようだ。

「あぁッ……駄目ェ……イク、イッちゃう！」

思わず訴える加那子。

「そうら、イケよ」

速射砲のように打ち込まれた。その直後、加那子のなかで、切なさの塊がいっぱいに膨れ上がった。

「あン、あン、あン……いや、駄目ェ！……うウン、うはッ……」

最後は生臭い声をあげて、加那子は絶頂に押し上げられた。

体がねじ切られるような喜悦が爆発し、全身がかってに躍りあがっていた。

「あぁァ」

魂が抜けていくような声を洩らし、体をよじるようにしてベッドに崩れ落ちた。

3

がっくりと崩れ落ち、肩を喘がせている加那子を見ながら、緒方は、その頭に載ったナースキャップをピンを取って外した。そして、髪の毛を団子のようにして結んであったゴムを毟りとった。

はらりと黒髪が垂れ落ちて、シーツにひろがった。腰のあるストレートの黒髪は、鳥の濡れ羽色の光沢を放って、艶美だった。

肩で息をする加那子を仰向けに寝かせた。その足をつかんで、腰を割り込ませる。

緒方はまだ射精していない。まだ八合目《ごうめ》といったところだ。

加那子の秘芯は男を受け入れた後の、くつろぎを見せ、よじれた肉びらがめくれあがっていた。

いきりたつ屹立を、複雑な様相を示す鮭紅色の肉孔にあてた。そのまま、腰を入れる。

「あンッ……」

加那子が喘いで、眉をひそめた。

柔らかく褶曲した細い眉の動きを見ながら、グイグイとえぐりたてる。

「ああッ、また……」

加那子は繊細な顎を突き上げて、真っ白な喉をさらす。突くたびに、顎の角度があがる。

「うふッ、うふッ……あン、あン、あン」

なんとも官能的な声をあげて、女であることを示す。

絶頂を極めてゆるんでいた膣肉が、ふたたび硬直にからみついてくる。

練れてますますねっとりとした淫蜜を吐き出した粘膜が、腔腸動物のそれのように柔軟でしっかりした緊迫感でもって、肉棹を波打つように包み込んできた。

緒方は、両足を肩に抱えるようにした。そして、ベッド脇にチラッと視線を送る。

さっきから、社長がそこにいることはわかっていた。ベッドに乗り出すようにして、二人のセックスを凝視していることも。

視線が合って、榎本は照れくさそうに笑った。

これが、こいつの本性なのだ。自分で挿入できないので、代理の男に好きな女とやらせて、それを見て興奮しているのだ。

社長でなかったら、くだらないことはするなと殴り飛ばしているところだ。

だが、緒方は社長秘書だ。それで飯を食っている。社長を元気に生かしておくのが、秘書というものだ。

社長の視線を意識し、大きく腰を振りかぶるようにして、媚肉に打ち込んだ。

足を伸ばしたかたちで肩に抱えているので、ペニスがアソコに出たり入ったりするのが、よく見えるはずだ。

「ああッ、いや……恥ずかしい、これ」

自分の取らされているポーズを意識してか、加那子が言った。

まだ、榎本がすぐ近くで見ていることに気づいていないようだ。

「ふふっ、恥ずかしいからいいんじゃないか。恥ずかしいのが好きなんだろ?」

「そんな……ああ、でも、これ……」

「これがなんだ?　いいんだろ。マ×コがとろけそうなんだよな」

緒方は社長に見せつけるようにして、ゆっくりと大きなストロークで怒張を埋め込んでいく。

ネチッ、ネチッと粘液がからみつく音がする。送り込み、引き出すごとに、白濁した淫蜜がすくいだされてくる。

横を見ると、社長が接合部分を覗き見ながら、下腹部のものを握り締めている。

どうせ勃たないのに、ご苦労なことだ。

緒方はもうワンポーズ、サービスすることにした。

繋がったまま、加那子の足をまわして後ろからの体位に移り、さらに後ろから添い寝する。そうしておいて、左手で加那子の左足をつかんで持ち上げる。

四十八手のなかの側臥位である。たしか、「浮橋」という名前で呼ばれている。

こうすると、社長には加那子の正面が見えるはずだ。しかも、足を持ち上げてひろげているので、自慢のマラが秘苑をズボズボと犯すところがしっかりと見える。

腰を使いだすと、加那子がハッとしたように体を強張らせた。

社長の姿に気づいたのか、急に恥ずかしがって、硬直から逃れようとする。

だが、この体位の上に後ろ手にくくられているので、身動きできない。それをいいことに、バックから屹立を叩きこんだ。

「いやッ、いやッ……ああ、よして！」

「いいんだよ。社長の趣味だ」

耳元で囁いて、いっそう激しく腰を使う。

「ああァ……いやよ、こんなのいやよ……見ないで。見ないで」

泣きそうな声で訴える加那子。

表情は見えないが、きっといい顔をしているに違いない。男のサディズムを誘う、あの悲しげな表情を。

「おおゥ、たまらんぞ、加那子。いい顔だ。おおゥ、たまらん」

社長が声をあげた。三人プレイをしているときでも、ここまで社長が興奮するのは珍しい。

それなら、もっと楽しませてやろうと、足を高く持ち上げておいて、これみよがしに怒張を叩きこんだ。

これなら、血管の浮き出た肉棹が、加那子の濡れに濡れたオマ×コをヌプヌプと犯しているのがよく見えるはずだ。

「いやッ、いやッ……あぁァ、それ……あぁァ」

加那子がこらえきれずに声をあげた。

「うふッ、うふッ、うふッ」

立て続けに嗚咽をこぼし、シーツに顔を埋める。

「これで、二度目だな。イケばイクほど、女は気持ちよくなるそうだ。ふふっ、何度でもイカせてやるぞ」

緒方は上体を立てて、加那子の左足を持ち上げたまま、太腿を跨ぐようにして腰を使った。「つばめ返し」と呼ばれている体位だ。こうすると、挿入が深くなり、また女の表情をうかがうこともできる。

左足を持ち上げたまま、腰を突き出すようにして抉りこむ。邪魔をする物がないのでかるく突くだけで、切っ先が膣肉の奥に達するのが感じられる。

「あン、あン、あン」

加那子のいい声が続けざまに響いた。

肩からシーツにかけて散った黒髪をざんばらに乱して、首を上げ下げしている。

後ろ手に背中でくくられた手首から先には、ぷっくりした血管が浮かびあがり、赤紫に変色していた。

「イクのか？　また、イクのか？」

「はい……また、また、イキそう……」

そう答えて、「ううッ」と息を詰める。連続的に抉ると、嚙み締めていた唇がほどけて、「あああァ」と逼迫した声が迸った。

緒方がラストスパートに移ったときだった。

やにわに、社長が立ちあがった。はおっていたガウンを脱いだ。

白髪の混ざった恥毛から、重そうな亀頭がむっくりと起きあがっていた。

社長のこんな元気な姿を見たのは、初めてだった。

「どけ、私が代わる」

榎本はベッドにあがると、緒方を押し退けた。

4

榎本は緒方と入れ違いに、腰を割り込ませた。

分身がこれほど力強くいきりたったのは、ここのところなかったことだった。

緒方に攻められて加那子がよがるのを眺めているうちに、下半身にもりもりと力が湧いてきた。

今ならできそうな気がした。

緒方がやっていたのと同じ体位を踏襲して、太腿を跨ぐと、加那子がびっくりしたような目を向けた。

「イクぞ、加那子。入れてやるからな」

リュウと頭をもたげた肉茎にチラッと視線を落とした加那子が、目を見開いた。

その怯えにも似た目の表情が、榎本に自分が男であることを感じさせる。

(私の男は復活した)

肉棹に指を添えて、花開いた恥肉の芯に押しあてた。満開の状態の肉孔は、喘ぐように切っ先にまとわりつく。

そのまま、ググッと体重をかけた。

ひさしく忘れていた挿入時の感触がよみがえってくる。閉じられていたものをこじ開けるような、狭いところを押し広げていくような、あの貫通の感覚が。

「おおぅ」

榎本は吼えていた。唸っていた。

さんざんやられたせいで、肉路は煮詰めたホールトマトのように滾《たぎ》っていた。だが、そこは窮屈さを保ち、押し込むと狭い肉路が蠢く。そして幾重もの肉襞がからみついてくる。

「あぁァァ……」

加那子が顔を反らして、白い喉元をのぞかせた。

(やったのだ。私はとうとう、加那子を征服したのだ)

榎本は、かつて童貞だった頃に女を知ったときの悦びを思い出していた。男にとって、女の膣に分身を突き入れることが、どんなに自信になるか、あらためて思い知らされる。

腰がやり方を覚えていた。

贅肉の付いたでっぷりした腹を突き出して、榎本はヌプヌプと抽送を繰り返す。

もともとアレの太さには自信がないわけではない。こうして完全勃起すると、加那子の肉路が狭く感じられるほどだ。みっちりと隙間なく埋め込んだ肉茎が、摩擦を受けるたびに、悦びの声をあげる。

「ふふッ、どうだ、加那子、私のは？」

喜びのあまり、そんなことまで聞く。

答えない加那子に痺れを切らして、ズンッと突く。喘ぎ声を絞りとっておいて、もう一度聞いた。すると、加那子はためらいながらも答えた。

「……太いです」

「そうか、大きいか？　私のはそんなに太いか？」

加那子は恥じらうように顔を伏せると、「はい」と小声で答えた。

「よしよし、その太いやつで、よがらせてやるからな」

榎本は加那子の左足を外して、正面から挑むことにした。

加那子のすらりとした足を持ち上げて、膝が腹につかんばかりに折り曲げた。開いた花肉に勃起を打ち込んでいく。

タプタプと腹を波打たせながら、リズムをつけて突いた。

「あうッ、あうッ、あうッ」

加那子は顔をゆがめて、泣くような嗚咽を続けざまにこぼす。

平素はやさしく、情愛に満ちた顔をしているので、その眉根を寄せてすすり泣くような表情がたまらなく悩ましい。

時々、もう我慢できないといったふうに、顔を左右に振る。

乱れた黒髪が、汗ばんだ額や頬にほつれついて、むんむんとした女の色香があふれでる。

「どうだ、加那子、いいか?」

聞くと、加那子は哀切な泣き顔で、

「はい、いいッ」

なまめかしく答える。

ますます情欲を煽られて、突きながら、乳房をつかんで荒々しく揉む。

見事な球体がひしゃげるほどに揉むと、加那子はすすり泣きはじめた。

嗚咽をこぼしながら、右に左に顔を振る。太棹を押し込むたびに、とろけた肉襞が痙攣するようにからみついて、分身を追い詰めにかかる。

「おおぅ、最高の女だ。加那子、お前以上の女はいないぞ」

あまりの素晴らしさに、榎本は思わず叫んでいた。すると、

「ああ、嬉しい……加那子も、嬉しいです」

そう言って、加那子は潤みきった瞳で見つめてくる。

(いい女だ。こんなときにも、嬉しいなどと言ってくれる)

榎本は、加那子への愛情がさらに深まるのを感じた。

「イカせてやる。加那子を天国に行かせてやる」

榎本はフィニッシュに向けて、走りだした。

腕立て伏せのような格好で覆いかぶさり、グイグイと腰を突き出す。

「あン、あン、あン」

加那子が切れのいい声をスタッカートさせた。

「おおゥ、加那子！　加那子！」

何度も加那子の名前を呼び、遮二無二突いた。

「ああ!……イク、イッちゃう!」

「おおゥ、イケ!」

太棹を深々と抉りこんだ。直後に加那子は短く痛切に呻いて、肢体を反り返らせた。

ククッと膣肉が締まるのを感じ取って、榎本も欲望を解き放つ。ペニスがなくなるのではないかと思うほどの痛烈な射精感が、背筋を貫いた。

溜まりにたまっていた白濁液は、一度だけでなく、二度、三度と間欠泉のようにしぶいた。

体を反らせ、下腹を突き出しながら、榎本は最高の悦びに打ち震える。

放出しても、すぐに抜く気にはならなかった。

しばらくそのまま滞在してから、ようやく肉棹を引き抜いた。

加那子は手首がつらいのかベッドに横向きになり、その姿勢で動かなかった。

エクスタシーの残滓で時々、ヒクヒクッと体の一部を痙攣させ、静かな息づかいだ。

先ほどまで控えていた緒方が、近づいてきた。

「社長……」

「こいつのお蔭だ」

榎本は、汗の粒を光らせた加那子の白い裸身を慈しむように撫でる。しっとりした背中からヒップにかけての女らしいラインをなぞっていく。

「まあ、お前のお蔭でもあるがな」

チラリと緒方を見て、言う。

緒方が、加那子の裸身を見る目が気にかかった。

「今回だけだぞ。もう、加那子には近づくな。いいな」

念を押した。

「ええ、それは……」

緒方はそう言いながらも、加那子の裸身に目を落としている。

第六章　指に伝わる脈動

1

翌朝、加那子は榎本秀行と一緒に榎本家に帰った。部屋に入るなり、孝志がすごい剣幕で怒鳴り込んできた。

「昨夜はどうしたんだよ？　親父とどこに行ってたんだ！」

「ど、どこって……お父さまはお仕事で、ホテルに泊まられたの。それに付添って……」

加那子は怒りを鎮めようとして言う。しかし、剣幕に押されて、シドロモドロになった。

「付添って、それでどうしたんだ。やられたんだろ、また、親父にせまられたんだろ」

「違うわ。昨夜はずっと、秘書の方も一緒だったのよ」

「そうかな、怪しいもんだ」

孝志は信用していないらしく、加那子の白衣姿をじろじろと見た。

「信じて……それに」

落ちつきを取り戻した加那子は、ナースキャップを外しながら、きっぱりと言った。

「たとえ、そうだとしても、孝志くんにそんなことを言われる筋合いはないと思うけど」

「ど、どういうことだよ」

「一度、寝たくらいで、恋人気取りはよして」

加那子は心を鬼にして言う。

孝志をこれ以上、爛れたセックスの渦中に巻き込みたくなかった。

孝志がショックを受けたことがありありとわかった。口をもごもごさせて、顔色が青ざめている。アスピリンの発疹はすでに消えていた。

「わかったわね。だったら、出ていって。疲れているの」

冷たく言って、窓のカーテンを開け放った。

朝の光が眩しかった。小鳥の囀《さえず》りが、煩く感じられる。

だが、孝志は出ていこうとしない。茫然と立ち尽くしたまま、加那子の姿を目で追っている。

「孝志くん、明日から学校でしょ。そろそろ気持ちを入れ換えないと」

向き直って、孝志を見る。

すると、孝志が近寄ってきた。逃れる間もなく、抱き締められた。

「やめなさい！」

「やめないよ。親父なんか……親父と寝ないでくれ、たのむよ」

孝志はすがりつくように、強く抱いてくる。

泣きたいのは、加那子のほうだった。

昨夜のことをすべて話したら、この子はどんな顔をするだろう？

だが、それはできない。

「いいから、やめて。ほんとうに疲れているの。お願い」

加那子は孝志の腕をふりほどいた。まだ、未練がましく立ち尽くしている孝志

を見て、

「わかったわ。私が出ていきます」

そう言って、部屋を出た。

翌日、二学期が始まるというのに、孝志は学校を休んだ。朝食もとらず、部屋から出ようとしない。

「なんか、体調が悪くて、起きれないらしいんですよ。どうしたんでしょうね。手が空いたら、診ていただけませんかね」

母親替わりのタミさんが、心配そうに話しかけてくる。

「わかりました。そうします」

加那子はそう答えて、早速、孝志の部屋に向かった。

榎本は、やはり一昨日のハードワークが応えたのか、あれから血糖値があがり、体調を崩していた。今は部屋で休んでいる。

「孝志くん、入るわよ」

ドアを開けて、室内に入る。

カーテンの閉められた薄暗い部屋で、孝志がベッドに背中を向けて横になっているのが見えた。

「どうしたの、具合が悪いの？」

ベッドに屈み込むようにして、顔色を見る。

孝志はすねたように顔を伏せるばかりだ。

「それじゃあ、わからないでしょ。さあ、こちらを向いて」

向き直らせようとすると、孝志がその手を振り払った。

「うるさいんだよ！」

「孝志くん！……」

「ほっといてくれよ。ぼくのことなんか、どうでもいいだろ。親父のところへ行けよ。可愛がってもらえばいいだろ！」

孝志が叫んだ。怖い目でにらみつけながら。

加那子は少し考えてから言った。

「昨日のことを、怒っているのね……だったら、謝ります。ごめんなさい。でも……どうすれば良かったのかしら？　何度も言うようだけど、私は病院から派遣された看護婦なのよ。お仕事で来ているの。この前の夜だって、そう。お父さまが倒れたら、私の責任になるのよ。そういうことを考えて欲しいの」

「そんなことは、わかってるよ」

「この前、約束したよね。一回きりにしましょうって。孝志くんも、了承したはずよ。だから……わかって欲しいの。これ以上は無理なの。状況を考えて」

「そんなに言うんだったら、あんたも、親父と寝るなよ。寝たんだろ、あの夜」

「……寝ていません」

「ほんとに、そうかよ。誓えるのかよ、寝ていないって」

「……ええ」

「嘘だな。その顔は、嘘、ついてる顔だ。わかるんだよ、ぼくには。たとえ、アレができなくても、ベッドでいやらしいことをすれば、寝たことになるんだよ。正直に言えよ！」

孝志のととのった顔が、興奮で真っ赤になっていた。唇が小刻みに震えている。

真っ直ぐに見つめられて、加那子は目を伏せた。

「やっぱりな。やっぱり、寝たんだ。思ってたとおりだ」

そう言う孝志の目に、残忍な光が宿った。

孝志はベッドから降りると、勉強机の椅子に座った。

それから、机の引出しを開けて、煙草を一箱取り出した。

ぎこちない手つきで一本の煙草を出して、ライターで火をつける。吸い口を口に持っていき、大きく吸って煙を吐き出した。

「何をしているの！」

加那子は、孝志に飛びつくようにして、右手の指で挟んでいた煙草を取り上げた。そして、机にあった灰皿替わりの皿に押しつけて、消した。

「何、するんだよ！」

孝志が怖い目でにらみつけてくる。

「馬鹿なことはよしなさい！」

加那子は叱りつけた。すると、孝志はプイと横を向いた。

「あんたには関係ないだろ。たとえ、ぼくが学校を休んだとしても、ズル休みだとしても。そんなことは、あんたには関係ないんだよ。もう、いいから、出ていってくれよ」

そう言われると、逆に加那子は困惑する。

それに、孝志は病気ではなさそうだ。たぶん、加那子への反抗心から学校を休んだのだろう。だが、ここはワンクッション置いたほうがよさそうだ。

「わかりました。家の人には、夏風邪ということにしておきますから」

そう言って、加那子は部屋を出ていくしかなかった。

2

翌日も、孝志は学校を休んだ。

タミさんに聞かれて、「かるい夏風邪ですから、すぐに治りますから」とは言っておいた。

それでも、加那子は動揺していた。

ちっとも部屋から出てこない孝志に業を煮やし、午後になって、加那子は孝志の部屋を訪ねた。

室内に入ると煙草の匂いがした。また、煙草を吸ったらしい。

加那子はベッドの横に椅子を持っていって、やさしく話しかけた。

「孝志くん、そろそろ、学校へ出てくれないかな……孝志くんがこういう状態だと、私のほうがつらいの。なんか、責任、感じちゃうな」

すると、孝志が起き上がって上体を立てた。

「出てやってもいいよ……だけど、その代わりに交換条件があるんだ」

「交換条件?……」

「薄々は気づいているんだろ」

そう言って、孝志が加那子の腕を引いた。

孝志は学校に出る条件として、加那子の体を求めているのだ。そういうことか、と思うと悲しくなった。

「孝志くん、こういうことしか頭にないの？」

ベッドに押し倒そうとする孝志を、突き放して言う。

「きみの年頃なら、他に考えることが一杯あるでしょ。受験だって控えているし」

しかし、孝志は引かなかった。強引に加那子を抱き締め、ベッドに仰向けに倒すと馬乗りになる。

目が血走っていた。

（やはり、この子は、私とのセックスのことしか頭にないんだわ）

わざと病気になったり、脅迫じみたことをしたりしてまでして、体を求めてきた孝志である。この年頃では仕方のないことかもしれない。

孝志の手が白衣の胸に伸びた。ジッパーをおろそうとするその手をつかんで、加那子は言った。

「わかったわ。わかりました。だから、乱暴はやめて」

孝志の動きがとまった。

「きみの条件を呑むことにします。だから、言うとおりにして」

孝志の体を押し退けた。

このままでは、孝志の激情に押し切られてしまう。この前のように。だが、挿入行為だけはやめさせなければいけない。

加那子は自分から動くことにした。指で出させてしまえばいい。そうすれば、孝志の欲望は一時的におさまる。

孝志をベッドに仰向けに寝させた。

パジャマのズボンに手をかけると、トランクスごと引きおろして足先から抜き取った。

ドキッとした。若いということは、なんと素晴らしいことだろう。ピンクの肉茎がすでに下腹を打たんばかりにそそりたっていた。

加那子は斜めの位置から、肉棹に手を伸ばした。

ぷっくりした静脈を浮かびあがらせた茎胴を握り締めて、ゆっくりと擦りだす。

「ううッ」と、孝志が唸って、目を閉じた。

「孝志くん、これが最後よ。これで、もう私のことは忘れて。できるわね?」

「……いやだよ。そんなことは、いやだ」

「困った子ね。私の立場もわかって欲しいの。孝志くんとこんなことしてるのが、家の人にわかったら、どうなると思う? 私はもうここにはいられなくなるのよ。病院に戻らなくてはならなくなるの。孝志くん、いやでしょ」

「ああ……」

「だから、少しはこちらの立場も考えて欲しいの」

語りかけながら、加那子は肉棹をしごく。

バラ色にてかった亀頭部の先から、先走りの粘液がにじみだしている。半包茎の皮を利用して、カリに引っかけるようにして上下動させる。すると、元気一杯のそれはビクビクッと、てのひらのなかで躍りあがる。

「今だって、そうよ。お父さまやタミさんが、いらしたら、どう言い訳するの?」

「ううッ、わかったよ。わかったから」

「じゃ、約束して。明日からは、学校に出るって」

やさしく話しかけながら、加那子は肉茎をしごく指に力を入れた。

「ううッ、わかった。約束する。だから……ううッ」

孝志が唇を噛んで、顔を反らした。シーツを握り締めて、湧きあがる快美感をこらえている。

「約束よ。もう、二度と約束は破らないわね」

「ああ、そうする。約束するよ」

加那子は右手で肉棹を摩擦しながら、左手で孝志のパジャマのボタンを外していく。

パジャマの上着を左右にひろげて、孝志の腹から胸にかけてを撫でさすってやる。

贅肉のない引き締まった体つきをしていた。少年から大人へと移行する途中の体は、少年のしなやかさと同時に、大人の男が持つ強靭さの息吹も感じさせる。

引き締まった腹から、肋骨のわずかに透けだした胸へと、てのひらをすべらせると、孝志は「ああッ」と声をあげて、うっとりした顔をする。

男というのは、おかしな生き物だと思う。この肉の棒を握っただけで全身を強張らせている。

愛撫のひとつひとつに反応する孝志を見ていると、なんだかこの少年を支配している気がしてくる。加那子は、孝志への接し方がわかった気がした。同じ地平に立って、喧嘩をしては駄目なのだ。ひとつ上に立って、愛玩することだ。可愛がってやることだ。加那子が大人になればいいのだ。

そう思うと、気が楽になった。

小さな乳頭を指に挟んで、転がした。

「あぁッ」と、孝志が一段と高く喘いだ。それにつれて、指のなかの肉茎が魚が跳ねるように躍りあがった。

加那子はそっと、口を近づけた。そして、茎胴を握ったまま、てのひらからはみだした亀頭部にチュッ、チュッと、キスを繰り返した。

赤く剝けたそこは、榎本や緒方とは違って、初々しい色と形をしている。

加那子は斜めの位置から上体を屈ませて、先端を口に含んだ。浅く咥えたまま、舌を使って、チロチロと鈴口のあたりを愛玩する。

「うあァァ……」

孝志の唸るような声がする。ピーンと足を伸ばして、シーツを握り締めている。

加那子は茎胴を擦りながら、そのリズムに合わせて先端を頰張る。

ちょっと前に看護婦仲間で、白衣もののアダルトビデオを観た。あまりの都合のいい展開に、皆で失笑しあったものだが、そのなかで白衣をつけた主演女優が患者のものをフェラチオしている光景があった。

加那子はそれを思い出していた。あのときは、自分はこんなことはしないと思った。ところが、今、加那子はあの女優と同じことをしている。

ナースキャップを揺らし、懸命に男の勃起をしごいている。

そのことがふしぎでならない。

熱く脈動するものを咥えているうちに、もっと可愛がってあげたいという気持ちが強くなった。

右手を離して、全体を口腔におさめる。奥まで咥えこんで、肩で息をする。口のなかで脈打つ少年の勃起が、愛しかった。

加那子は手をベッドに置いて、体を支えると、ゆったりしたスライドで勃起をしごいた。

キュッと締めた唇をまとわりつかせ、顔を上下に揺らして、追い込んでいく。

顎の付け根に疲労を感じて、いったん顔をあげ、代わりに指を使う。

孝志のことが愛しく感じられて、聞いた。

「どう、孝志くん、気持ちいい？」

「ああ、いいよ」

「ふふっ、どんなふうに？　私は女だから、わからないのよ」

「どうって……その、アソコがとろけちゃうみたいな。でも……」

「でも？」

「加那子さんに触りたくなる。加那子さんのアソコに」

「そう……いいわ」

3

加那子は茎胴を握り締めたまま、孝志の腹のあたりを跨いだ。

それから、ゆっくりと腰を突き出していく。シックスナインの格好だ。

「いいんだね？」

「ええ、いいわよ。やさしくね」

言いながら、さらにヒップを後方に突き出した。

孝志がおずおずと白衣の裾をめくりあげるのがわかった。孝志が息を呑んで、そこを見つめる気配がする。

きっと、パンティストッキングに包まれたお尻がまる見えだろう。白いパンティストッキングから透けだした、シルクベージュのパンティが。濡れて染みになっているかもしれない。クロッチ部分はクレヴァスの縦溝が刻まれているかもしれない。恥部を見られることの羞恥心が、全身を灼きつくすようだ。

荒い息をこぼしながら、孝志がヒップに指を伸ばした。

パンティストッキングに包まれた双臀を、丸みに沿って撫でまわしてくる。まるで肉感を確かめるように時々、ギュッとつかむ。それから、また、円を描くように撫でてくる。

「ああッ……」

こらえきれない喘ぎがこぼれでた。

口でイカせてしまえば、と思っていた。なのに、今は体の奥で欲望が疼いている。

「ねえ、触っていいのよ。アソコを触って」

喘ぐように言った。

すぐに、孝志の指がヒップから下へと這いおりてくる。パンティストッキング越しに、指が花肉をなぞる。初めは戸惑いがちだったのに、やがて、大胆になった。

指を立てて、クレヴァスに沿って窪みを撫でるようなこともする。

「ううン、あン……あぁッ」

加那子はなまめいた声を洩らしながら、勃起を指で擦った。くなり、くなりと腰が揺れてしまう。

（ああ、欲しいわ。この勃起をアソコに入れて欲しい）

全身が欲望で疼いた。

だが、次の瞬間、加那子の意識のなかで自制心が働いた。

（ああ、駄目だわ。このままでは、またこの子を泥沼に引きずりこむことになってしまうわ）

このまま燃え上がりたい気持ちを抑え、姿勢を低くして、勃起を口に含んだ。てのひらのなかで躍りあがる灼熱の肉茎を、リズミカルに口で擦りあげる。

「ううッ、ああ、やめろよ。やめてくれ」

孝志が苦しげに叫んだ。

射精しそうなのだろう。おそらく本人は挿入を果たす気でいるのだ。

「孝志くん、お口で我慢して。誰が来ないとも限らないの。いいわね」

いったん顔をあげて言うと、返事を待たずにふたたび咥えこんだ。

孝志は、花肉を愛撫することもできずに、ひたすら呻いている。地団駄を踏むように足をバタつかせたり、下腹をせりあげるようにして足を伸ばしたり。

(やはり、まだこの子は、女を悦ばせるよりも、自分の欲望を解消することで精一杯なのだわ)

加那子はフィニッシュに向けて、徐々に指の動きを速めていった。唇をぴったりと先端に張りつかせて、発射に備える。

「ううッ、駄目だ。ううッ!」

孝志が呻いて、ヒップをつかんできた。

お尻を鷲づかみされる苦しみと紙一重の快感に呻きながらも、加那子はキュッ、キュッとしごきあげる。

もう少しで射精が起きそうだった。だが、その寸前に、孝志が起き上がった。

「あッ、いやッ」

ベッドに転がされた。仰向けに倒され、パンティストッキングを脱がされる。

孝志の手がパンティにかかった。

「いや、いや、いや……駄目だって言ったでしょ」

だが、孝志はいさいかまわず、パンティに手をかけて引きおろす。

布切れが足先から抜き取られるのを感じて、

「いやァ！」

加那子は魚のように跳ねた。

「さっき、自分で言っただろ。声を出すと、ばれるよ」

どこで覚えたのか、孝志は加那子の足首をつかんで、足を高々と持ち上げた。

「よして、お願い……」

必死の形相で哀願する。

しかし、孝志は大胆に腰を寄せてきた。右手を足首から離して、屹立に指を添えた。

逃れる間もなく、屹立が入ってきた。若者の硬さを誇る肉茎が、ズズズッと潜りこんできた瞬間、加那子は我れを忘れて喘いだ。

「うはッ！……」

脳天にまで響きわたる衝撃に、顔をのけ反らせて、シーツをつかんでいた。

孝志が動きだした。硬直は一時も休むことをせずに、連続的に抉ってくる。

その一途なストロークに、加那子の自制心が溶けていく。あれほどまでに拒もうとしていたのに、その思いがどこかに飛んでいってしまう。

(ああ、なんて淫らな女なの。私って、こんな女だったの)

加那子は自分を責める。

(この家に派遣されてから、私はおかしくなってしまった。こんな女ではなかったはずなのに……それとも、私にはもともとこういう素質があったのかしら?)

しかし、そんな思いも、孝志の激情をぶつけるようなストロークの前では、飴のように溶けていく。

「ウッ、うッ、うッ」

声を抑えようとするが、どうしても洩れてしまう。

ナースキャップが取れかかっている。

孝志が覆いかぶさってきた。上体を前に屈め、加那子の腋の下から手を入れて、肩を引き寄せた。

「うンッ、うんッ、うんッ」

唸りながら、真っ赤な顔で突き上げてくる。

「あン、あン……」

恥ずかしい声が喉元を衝いてあふれでた。

切なさの塊が急激に膨れ上がり、どこかに飛んでいってしまいそうだ。

孝志の肩と背中に腕をまわしていた。自分からギュッと抱きついていく。逞しい男にひっしとすがりつきながら、耳元で「あッ、あッ、ううンン」となまめかしく声をあげる。

「ああ、駄目だ。出る」

孝志が歯を食いしばった。

「我慢して、もう少し、我慢して」

「駄目だ。ううッ」

孝志が速射砲のように腰を叩きつけてきた。

「ああッ、ああァァ」

加那子は昇りつめたくて、恥丘をせりあげた。クリトリスを押しつけて、刺激を求める。

「ううッ、ううンン」

孝志が唸りながら、下腹をグイと突き出した。

その直後、生温かいしぶきが体内に吹きかかった。

「ああンン……」

昇りつめそうになって、昇りつめることのできないもどかしさに、加那子は恥丘をせりあげる。力のなくなっていく肉茎を復活させようとでもするように、恥丘を上げ下げする。

だが、孝志のものにふたたび力が漲ることはなかった。

ぐったりとなって体を預けてくる孝志を、加那子はしっかりと抱き締めた。

渋井《しぶい》タミは、部屋のなかが静かになると、押しつけていた耳をドアから離した。よろけながら、孝志の部屋から遠ざかっていく。

今、耳にしたものが信じられなかった。

(加那子さんが、坊ちゃんとアレをしていた。こんなことがあっていいんだろうか?)

だが、今聞いたのは確かに、加那子さんと坊ちゃんの声だった。そして、二人がしていたのは、男と女の秘め事に違いなかった。

夫が亡くなってから、タミがひさしく体験していなかった男と女のまぐわいだ。

階段を降りながら、タミは考える。

(いったい、いつから二人はこんな関係に。今日が初めてなんだろうか)

しかし、そんなことは関係ない。

旦那様の専属ナースとして派遣されたはずの加那子さんが、孝志坊ちゃんとこんな破廉恥なことをしている。

タミには考えられないことだ。あってはならないことだ。

だが、タミには思い当たる節があった。あの女が家に来たときから、なんだかいやな胸騒ぎがしていた。旦那様と坊ちゃんの男所帯に、あの一見、やさしげな女が入ってきたときから、この家はおかしくなった。

だいたいあの女は、私が食事を作る際にも、煩いくらいにしつこい。私が旦那様の好きな中華料理を献立に加えようとしても、あの女は「中華はカロリーが高いから、控えてください」と、杓子定規なことを言う。

濃い味の好きな旦那様に合わせて味付けをすると、これでは駄目ですと言う。旦那様の好みをまったくわかっちゃいないのだ。そのくせ、旦那様が外出するときには必ず一緒に出る。まるで、愛人気取りだ。奥様気取りだ。

それに、旦那様のほうも、あの女には甘い。私が言っても聞かないことを、あの女に言われると、目尻を下げて聞いている。

やはり、あの女は性悪女だ。「魔性の女」とか言うやつかもしれない。

タミは無意識のうちに拳を握っていた。

それにしても、旦那様はこのことをご存じなのだろうか。二人が出来ていることを。たぶん、知らないだろう。旦那様はこんな不道徳を許すような人ではない。

やはり、このことは旦那様に報告すべきだろうか。しかし、旦那様がこんなことを聞いたら、坊っちゃまは……。

坊っちゃまが可哀相だ。坊っちゃまは自分から女の人を誘えるような子ではない。あの性悪女が誘惑したに決まっている。

(ああ、いったい、どうしたらいいんでしょう?)

タミは白髪が八割を占める髪の毛をかいた。

悩むふりをしながらも、自分がいつかは二人の秘め事を旦那様に報告するだろうことは、ぼんやりとわかっていた。

第七章　犬の首輪

1

孝志と加那子が出来ているという話をタミから聞かされたとき、最初、榎本はそれを鼻で笑った。

孝志は中学三年だが、まだ子供だ。ガールフレンドの噂ひとつ聞いたことがない。その孝志が、加那子とセックスしたなど、想像することさえ難しい。

しかし、タミの話を聞いているうちに、もしやと思うようになった。

タミが実際に、孝志の部屋を盗み聞きして、二人が秘め事をしているときの声を聞いたのだという。しかも、その後、加那子はこっそりシャワーを使ったらしい。

「タミ、お前、ほんとに聞いたのか。テレビだったんじゃないか」

そう聞き返したところ、タミは「確かに聞きました。あれはテレビではありません。お二人が名前を呼んだときの声も聞きました。間違いありません」

そう自信満々に鼻をひくつかせた。

もしそれが事実だとすれば、とんでもないことだ。孝志は父親と関係のある女と寝たのだから。

そう思ってみると、この二、三日、加那子の様子は確かにおかしかった。榎本はそれを緒方のせいだと考えていたのだが。

緒方はあれから、頻繁に榎本家を訪ねてくるようになった。電話で済む用件を持ってきては、一分で済む話を一時間ほどにも引き延ばしていく。

加那子がお目当てなのは見え見えだった。

なるべく加那子を近づけないようにしていたが、それでも、顔を合わすときがある。そんなとき、緒方はくだらないことで加那子に話しかける。

女にへつらい、気を引こうとする。そんな緒方の姿を見るのは、これが初めてだった。それだけ、加那子に惚れたということだろう。

自分がそうであったように、あの百戦錬磨の男が惚れるくらいなのだから、やはり、加那子には男を惹きつけずにはおかない魅力があるのだろう。

この頃、加那子は気のせいか、少しやつれたように見える。そのくせ、妙な色気が感じられるのだ。

以前からやさしさと落ちつきはあった。しかし今は、ちょっとした仕種や表情からも、しっとりした女の色気のようなものが感じられる。発情期に入った女が放つ性フェロモンのようなものが、加那子の周囲には発散されている。

榎本は一時血糖値が高くなって体調を崩していたが、今では血糖もコントロールできている。それで、ちょっかいをかけるのだが、加那子に体よくあしらわれていた。

(それも、孝志のせいなのか？　あの女は私より、孝志がいいというのか)

考えれば考えるほど腹が立つ。だが、とにかく、加那子を呼んで確かめてみることだ。

自室で、積算課の出した駅前の総合ビルの見積書を見ていると、加那子がやってきた。

「あの、お呼びでしょうか？」

「まあ、そこに座れ」

応接セットのソファに腰かけさせて、自分は肘掛け椅子に腰をおろす。

白衣を身につけて、きれいなふくら脛をのぞかせた足をぴったり合わせて斜めに流している。その姿からは、とても息子と契《ちぎ》ったなど想像できない。

「ちょっと聞きたいことがあるんだが」

えッというように、加那子が目を見開いた。

「じつは、タミから聞いたんだが……お前、孝志と出来てるそうだな」

「……出来てる？」

「ああ、男と女の関係にあるということだ」

言いながら、加那子の様子をうかがう。

加那子の表情が一瞬、強張ったように見えた。

(やはり、タミの言ったことは事実だったのか？)

胸がキリリと痛んだ。

「タミがな、孝志の部屋に用があって行ったら、聞こえたそうだ。お前と孝志のあの声がな。事実なのか？」

嘘だと言って欲しかった。タミの作り事だと。だが、加那子は否定することなく、押し黙っている。

「事実かと聞いているんだ！」

癇癪玉を爆発させて言う。加那子の肩が震えはじめた。

白衣の張りついた膝の上で指を揉みあわせて、うつむいている。

「すみません。申し訳ありません」

加那子はソファを降りると、絨毯に正座した。そして、額を絨毯に擦りつけんばかりに頭を下げる。

怒りがこみあげてきた。気づくと榎本は立ち上がって、加那子の肩を蹴っていた。

「どういうつもりだ、コラッ！」

床に崩れ落ちた加那子の顎をつかんで、顔を引きあげる。

「言い訳はしません。私が悪いんです」

そう言う加那子の目には涙が光っていた。

「泣いたって、駄目だ。お前な、孝志は私の息子だぞ。たしかに血は繋がっていないが息子であることに変わりはない。それなのに、お前は……」

この女は自分と肉の契りをかわしておきながら、その数日後には、孝志と寝たのだ。

「こんな犬畜生のようなことをしておいて、よく平気で私の前に出られるな。なんという性悪女だ」

「……すみません。おっしゃるとおりです」

加那子は泣き濡れた顔をあげると、言った。

「私はここにいてはいけないんです。病院に戻してください。いえ、それでも榎本さんのお気持ちが済まないなら、院長にこのことを伝えてください。私には看護婦の資格などありません。クビになって当然のことをしたんですから」

これが市村加那子でなければ、当然クビだ。いや、それでは手ぬるい。コンクリート詰めにして東京湾に沈めてもまだ気が済まないだろう。

だが、加那子がこの家からいなくなるなど、耐えられそうにない。

榎本はちょっと間をとってから言った。

「そういう問題ではない。ミスを犯したら、ハイ辞めます、か。そんな簡単なことで、償いになると思っているのか？」

あと二週間で加那子は病院に戻ることになるが、榎本は契約を変えさせるつもりだった。半永久的に、この女を自分の専属ナースにするように院長に頼むつもりであった。

それほどまでに加那子を愛していた。何年ぶりかで挿入行為を果たしたのだ。あのときの陶酔感を、今も思い出す。

「お前をクビになどしない。そんなことをしたら、お前を楽にすることになるからな。お前は家にいろ。そして、苦しめ。ただし、どういう形にするかは、考える。それまで、部屋で待機していろ、いいな」

加那子を正面から見すえた。

「どうした、返事をしろ」

「わかりました」

加那子は目を伏せて言うと、ゆっくりと立ち上がった。清廉な後ろ姿を見せて、部屋を出ていく。

2

榎本は、加那子から部屋を奪った。そして、着替えや医療器具をすべて、榎本の部屋に持ってこさせた。

加那子を榎本の部屋で生活させるためである。

タミには「孝志と会わせないためだ」と説明しておいた。タミは「旦那様の部屋で、お暮らしになるんですか」と、いやな顔をしたが、それ以上は追求してこなかった。

タミには、監視役を言いつけた。孝志が加那子にちょっかいを出さないように、見張り役を頼んだのだ。タミはそれを喜んで受けた。タミは榎本の言うことなら、何でも聞く。「旦那様」に尽くすことに生き甲斐を感じている女なのだ。

たびたび未練がましく顔を出していた緒方にも、許可を出すまでは家に来ないように強く言っておいた。

夕食時になって、部屋から降りていた孝志は、加那子が食卓についていないことが気になるようで、聞いてきた。

「加那子さんは?」

「しばらくは、加那子は一緒に食事をとらない」

榎本はそう答えた。

「どうして?　体調でも悪いの?」

「そう思っておいてくれ」

榎本は微妙な言い回しをする。

「それから、加那子はしばらく私の部屋にいるからな」

「えッ？　お父さんの部屋に？　どうして？」

「体調を崩しているからな。しばらくは、私が面倒をみる。加那子の部屋に行ってもいないぞ」

正面から孝志を見た。

孝志はじっと見返していたが、やがて、目を伏せた。

孝志が反抗してきたら、怒鳴りつけてやるつもりだった。この血が繋がっていない息子はそれだけのことをしたのだから。

追い出されないだけ、幸せと思わなければいけない。

榎本は、孝志の浮かない顔を見ながら、好物であるこってりした中華を口に運ぶ。

タミが「鬼のいない間に」作ったものだが、たまにはこういうものも胃に入れなくては、力が出ない。

舌鼓《したつづみ》を打ってから、自室に向かった。

ドアを開けると、明かりの消された薄暗い部屋に、色白の肌がぼんやりと浮かびあがっていた。

下着姿の加那子が、毛脚の長い絨毯の上に横たわっていた。

ドア付近のスイッチを入れると、室内がバッと明るくなり、加那子が上体を立てた。眩しそうに目を細めている。

ストレートの黒髪が乱れてほつれつく首筋には、赤い革製の犬の首輪が締めてあった。金属製の鎖が首輪から伸びて、ベッドの足に留められている。

「ふふっ、腹が減っただろう。もう少ししたら、タミが来るからな。お前の食事を持ってな」

そう言って近づき、加那子の繊細な顎をつかんで顔を引き上げる。

「どうだ、少しは反省したか、うン?」

加那子はキッと眦をつりあげて、榎本を見た。

「全然反省の色がないようだな。食事を与えるのはやめにしよう」

榎本はインターフォンで、タミに食事を持ってこなくていいからと告げた。

それから、加那子に近づき、後ろから抱え込むようにして乳房をつかんだ。

榎本が用意した赤のハーフブラが、大きく発達した隆起を下から持ち上げている。深い胸の谷間がくっきり刻まれて、悩ましい。

首筋に口づけして、ペロリと舐める。

「やめて……」

反抗的な態度を取った加那子の耳を噛んだ。

「いい、やッ……」

歯をカチカチ鳴らす加那子。すかさず、太腿の奥に手をこじ入れる。

赤の太腿までのストッキングが、腰に付けた同色のガーターベルトで吊られていた。パンティははかせていない。

繊毛の流れ込むあたりに、ぬめりが息づいていた。

そこはぴったりと肉の扉を閉ざしてはいるが、それでもトロリとした淫蜜をこぼしている。

「ううッ、いやです。こんなのいや……どうして、こんなひどいことをなさるの？」

「決まっているだろ。加那子がしてはならないことをしたからだ。お前が心から反省するまで、このままだ」

「私は……もう反省しています」

「口だけだ、そんなものは、あてにならん」

言いながら、花肉のぬめりを指でさぐる。

加那子を監禁したのは、反省させるためというより、孝志と会わせないようにするためだった。緒方のやつも、いつ何どき、加那子を外に呼び出すか、わかったものではない。それに、こうすれば孝志も加那子を諦めるだろう。

「ううッ、いやです。しないで……」

恥肉をなぶられて、加那子はさかんに首を振る。だが、指を遊ばせているうちに、そこは口をほころばせて、なかから粘膜に覆われた肉孔が姿を見せる。

「こんないやらしいものを飼っているから、お前は誘惑に負けるんだ」

耳元で言いながら、後ろから胸のふくらみを揉み、媚肉をいじる。

イヤ、イヤ、イヤと首を振る加那子。

しかし、性感が高まっているのは、喘ぐような息づかいと恥肉の濡れ具合でわかる。

ハーフブラの裏へと指をすべりこませ、たぷたぷと乳房を圧迫する。まろびでてきた薄紅色の乳首をつまんで、いやらしく転がす。

「あッ、うン……ああン、しないで」

加那子は顔をそらして、背中をもたせかけてくる。

もっと加那子を苛めたくなった。とことん泣かせてやりたくなった。

榎本は洋服箪笥のなかから、革製の鞄を取り出した。鞄を開ける。なかには、バイブやら綿のロープなどが、ぎっしりと詰まっていた。

榎本は男の武器が使えない。それで、とことん攻め落としたい女がいるときは、この道具を使っていた。縛りも、自己流だが一応できる。

この歳になって、覚えたのである。

二重にした赤の綿ロープをつかんで、背後にまわった。加那子の上体を立てておいて、腕を背中にねじりあげた。

「あっ、何を！」

「いいから、力を抜け」

両手を肘のあたりまで合わせて、ほっそりした手首をロープで縛る。

この前、加那子が緒方に紐で手首を縛られたのを見ていた。あのとき、加那子はこうされるのが嫌いではないと感じたのだ。

手首を縛ったロープを胸にまわし、上下に二段でくくる。前にまわって、加那子を見る。

加那子はガックリと頭を垂れて、力が抜けたようだ。やはり、縛られるのが好きなのだろう。縛りが好きな女は、縄を掛けると急にガックリとくるからよくわかる。

「ふふっ、どうした？」

加那子が顔をあげた。そして、恨めしそうな目を向けてくる。

榎本は赤のレースで出来たハーフブラを押し下げて、乳房を剝き出しにする。凜と張った乳肌に、縄が食い込んでいる光景がたまらなくそそる。

次に、足をくりにかかる。膝を曲げた状態で縛り、足が伸ばせないようにする。一方を終えて、もう片方へと移りながら、言葉でいたぶる。

「お前、孝志と二回したと言っていたな。最初のときは、たしか私とした後だったな」

黙ってうつむいている加那子に痺れを切らして、

「聞いているんだ、答えろ」

怒鳴りつけた。

「……孝志くんに、あのときの声を聞かれたんです。それで……」

加那子が小声で答えた。

「それで、孝志に脅されてやむを得ず、やってやったか……違うだろ。お前は私と出来なかったから、欲求不満だった。ころが疼いていた。やりたい、やりたいとここが言っていた。それで、孝志と寝た。あいつは私の代わりだった。そうだな？」

加那子は答えなかった。

「きれいな顔をしているのに……ここはまるで娼婦だ。いや、娼婦ならまだわかる。お金のために寝ているのだからな。それに較べてお前はどうだ、うン？ちょっと強く出られれば、誰とでも寝る。しかも、反省はなしだ。男のエキスを吸って、どんどん――」

きれいになっていく、と言おうとして、榎本は言葉を呑みこんだ。

そんなことを言ったら、まるで自分がこの女に奉仕しているようではないか。

その憤りをぶつけるように、くの字に縛った膝から伸びたロープを、胸縄に通してグイと引く。

膝が腹につきそうなほどに引っ張られて、膝があがった。

「ああッ、これ……」

「そうだ。恥ずかしい格好だぞ。こうすると、お前のマ×コがまる見えになる」

もう片方の膝も同じようにして、引いた。

くの字に屈曲した膝がひろがり、まるで赤子がオムツを替えてもらうときのポーズだ。

こうすると、膝がロープで引っ張られているために、足をこれ以上閉じることはできない。

おまけに、後ろ手に手をくくられているので、加那子は置物のように転がされた格好である。

榎本は足のほうにまわって、股間を鑑賞した。

膝を開いているので、どうしても肉の花びらもひろがってしまう。柔らかそうな繊毛の下で、わずかによじれた肉の萼が雫のかたちにひろがり、ぬめりとした光沢に潤う肉の層をのぞかせている。

「ふふっ、濡れているな」

指腹で肉びらの内側を、丸くなぞる。

「ウン、いや……」

膝がわずかに内側へ絞りこまれた。だが、遊びの分、動いただけで、それ以上は動かすことはできない。

榎本は指を舐めて湿らせると、花肉の隅々まで丹念に愛撫してやる。

「しないで……お願いです。こんなことされたら、加那子、どうしていいか、わからなくなります。病院に帰して……お願い」

つらそうに訴えてくる。だが、言葉とは裏腹に、腰が微妙にうねりはじめている。

時々、ここに触って欲しいとでもいうように、腰が左右に振れる。

「どうした？　もう、抵抗しないのか？」

上方の分岐点のやや下で、肉の突起がけなげに頭をもたげていた。

そこを親指と人さし指でつまんで、左右にひねった。

「うあァ……ああ、そこ、許して！」

加那子は一段と高く喘いで、眉をひそめた。

だが、くりくりと転がすと、「ううッ」と呻いて顔をのけ反らせる。三日月のような眉を褶曲《しゆうきよく》させて、ぽっちりした唇を色が変わるほどに嚙む表情がたまらなくそそる。

「欲しいか、ここに入れて欲しいか？」

「ああ、知りません」

「ふふっ、知りませんということは、入れて欲しいってことだな」

榎本は人さし指と中指を合わせて、ズブリと肉孔に差し込んだ。

「ううッ！」と鋭く呻いて、白い喉元をさらす加那子。

まだ半分しか入れていないのに、肉襞が指にからみついてくる。ざわめくように、狭い肉路が指を締めつけてくる。

榎本はその状態で天井の肉襞を細かく叩いた。そして、ザラつくそこをひろげるように押した。

「あぁァ！」

華やいだ声を洩らす加那子。宙に浮いていた足の親指が、ググッと内側へ曲げられる。

（おおゥ、感じている。加那子は親指を折り曲げるほどに感じている！）

指を最奥まで押し込んだ。

指の先がコツンと子宮口にあたる。深々とねじこんだまま、上の壁めがけて指をバイブレーションさせる。

「ううン……ああッ、あぁァ」

加那子が喉の奥が見えるほどに口を開いて、顎を突き上げた。

足の親指が反対側に反り返り、また、内側へと折り曲げられる。

「どうした、イキそうか、うン?」

聞いても、加那子は答えない。顔を左右に振るばかりだ。

榎本は革のバッグから、黒光りするものを取り出した。電動バイブであった。

リアルな男根の形をしたバイブを目にした加那子が、表情を変えた。

「いやです。それはいや……」

「ほう、これはいやか。ということは、誰かに使われたことがあるのかな?」

加那子は顔を左右に振った。

「命のないものにイカされるのはいやか。贅沢な女だな、お前は。こんなオマ×コ丸出しの格好をしてるくせに。贅沢言える身分か、うン?」

榎本は念には念を入れて、バイブにローションをかけてやった。こうすると、すべりがよくなり、女も具合がよくなるはずだ。

加那子の怯えた目を愉しみつつ、カリをかたどったバイブの先を押しあてた。先をめりこませただけで、加那子は「ううッ」と顔をのけ反らせた。

肉層が蠢くように、先にまとわりついてくる。

そのまま、ゆっくりと押し込んでいく。

十数センチの長さの本体が、ググッと奥までめりこんでいった。

「うはッ！……」

加那子は顎を反らせて、痛切に喘ぐ。

「さあ、入ったぞ。お前の大好きなものだ。嬉しいか？　正直に言ってみろ」

榎本は加那子の表情をうかがいながら、バイブを抜き差しする。まだ、スイッチはオフのままである。

ズリュッ、ズリュッと出し入れをすると、とろりとした淫蜜がすくいだされて、尻のほうへと伝っていく。

奥まで入れると、薄い繊毛を張りつかせた下腹が、バイブの形そのままに淫らに盛り上がる。

「うふン、あン……うン、あッ……」

腰を微妙に動かしながら、加那子は悩ましい声を洩らしはじめた。

「そうら見ろ。いやらしい声が出はじめたぞ。お前はインランなんだ。こいつが欲しくてたまらない。そうだな？」

「ああ、いやッ……言わないでください」

「本当のことだから、仕方がない」

「自分でもいやなんです。こういうのがいやなんです。でも……ああッ、欲しくなってしまう」

加那子の視線が、わずかの間だが、榎本の股間に注がれた。

滾るような視線を感じたとき、榎本は下半身に燃えるものを感じた。

バイブのスイッチを入れ、それを膣肉深く押し込んでおいて、片方の手ではおっていたガウンを脱ぐ。

ガウンの下にはトランクスしかつけていない。そのトランクスを片手でおろした。

だが、それは挿入できるほどは硬くなっていなかった。

ならばと、榎本は加那子を起こして、ベッドに背中をもたせかけるようにして座らせた。いったん抜けたバイブを、再度濡れ肉に押し込む。

そして、自分は両足をひろげて加那子の前に立った。

頭をもたげかけている肉茎を、加那子の口元に押しつけて言う。

「オラッ、加那子、しゃぶれ」

加那子は目を伏せていたが、やがて顔をあげた。

ねっとりと潤んだ瞳を向けて、唇を湿らせた。

それから、唇を開いて先端を口に含んだ。瞼を閉じて長い睫毛を瞬かせながら、ゆっくりとスライドさせる。

浅く頬張り動かしながら、舌をチロチロと先端に這わせる。

その淫らでありながら、清廉さを感じさせる加那子のポーズに、榎本は興奮した。

「おおゥ、いいぞ。上手いぞ、加那子」

たまらなくなり、加那子の髪の毛をつかんで、自分から腰を振った。

「うふッ、うふッ」

苦しげに呻きながらも、加那子のほうもそれに合わせて顔を打ち振る。

ぴっちり締められた唇が、肉茎の表面に浮かんだ血管の筋をなぞる。分身が嬉しい悲鳴をあげて、徐々に力強くなってくるのがわかる。

加那子の胸には、赤いロープが二段にかかり、押し下げられたハーフブラから雪のように白い乳房がまろびでていた。豊かな乳房がロープによって沈みこみ、それを跳ね返すような乳肌の張りがたまらない。

そして、赤のストッキングを吊った同色のガーターベルト。娼婦のような赤の色と、太腿の抜けるような白さが、悩ましいコントラストを見せている。

しかも、あられもなく開かれた股間には、黒々としたバイブが唸り声をあげながら、頭を振っているのだ。

「おおぅ、たまらん」

下半身に充実感があった。次第に硬化した肉棹が、ズブズブと口腔を犯す感触が、榎本を追い込んでいく。

「加那子、舌を使え。舐めまくれ」

加那子が情熱的に舌をからめはじめた。いったん口を離して、肉棹の裏側を舌でなぞりあげてくる。

それから、ぱっくりと咥えこんで、大きなスライドで全体をしごきはじめる。

突然、肉茎を押し出して、つらそうに腰を振る。

「ううン、できない。できません……」

バイブが効いているのだ。

「こらッ！　勤めを果たせ！」

叱りつけておいて、黒髪をつかむ。

怒張で唇を割る。そして、ズブズブと犯す。

「うふッ、うふッ、うふッ」

加那子は哀切な声を洩らしながら、自分からも顔を振ってしごきだす。

榎本は抜け落ちそうなバイブを足で支えて、押し込んでやる。

「ううッ！」

体内を深々と抉られて、苦しげに呻きながらも、加那子は懸命に肉棹をしゃぶってくる。

ほつれつく乱れ髪をいとわず、一心不乱に奉仕する女を見て、榎本はあらためて思う。

（この女だけは手放したくない。一生、傍に置きたい）

女への深い愛情がそうさせるのか、榎本の分身は加那子の口のなかで跳ねた。

「おおぅ、出すぞ。出すぞ」

黒髪をつかんで、グイグイと打ち込んだ。

次の瞬間、目眩めく射精のときがやってきた。

精液が輸精管を駆け降りて、しぶいた。

愛する女の口腔に、ザーメンを吐き出しながら、榎本は至福の時に酔いしれる。

3

加那子を部屋に閉じ込めてから、三日がたっていた。

加那子が部屋の外に出られるのは、トイレに行くときだけ。しかも、その間も、榎本はぴったりと付添っている。

孝志が学校に行っているときは、二階にあるトイレのドアを開けて、監視のなかで排尿をさせる。便座に座った加那子は、恥ずかしそうにうつむいている。やがて耐えられなくなって、小水が迸る音が聞こえる。

食事は、タミがその都度、部屋に運んできた。ドアの前に置かれたお盆にのった食事を部屋に入れて、加那子に食べさせる。

加那子の腕を後ろ手にくっておき、愛玩動物に餌を与えるように、箸でつまんで口に運んでやった。

逃げる気を起こさせないように、下着姿にしておいた。

三日目になると、さすがに精神的にまいったのか、加那子は時おり見せていた反抗的な態度をとることがなくなった。

仕事をしている間は、犬の首輪を付けて、絨毯に転がしておいた。加那子の股間には小型のカプセル型バイブを埋め込み、切なげに腰を揺する姿で目の保養をする。

仕事の合間には、椅子の前に座らせて、フェラチオをさせた。

仕事が一段落つくと、加那子をベッドにあげて、自分も添い寝する。

黒のスケスケのハーフブラをつけ、同じ黒のガーターベルトで、刺しゅう模様の編み込まれた太腿までのストッキングを吊った加那子は、少し愛撫をするだけで、「ううン、ううンン」としなだれかかってくる。

四六時中、バイブの刺激を与えたりと、性の世界にどっぷりと浸らせておいたので、体がそれに慣れてしまったのだろう。

向かい合うかたちで乳房を愛撫し、太腿の奥に指をこじいれると、そこはヌラリとした淫蜜にあふれかえっていた。

媚肉をかるくいたぶると、「うふン、うふン」と腰をくねらせる。

あまりの濡れように、中指を恥肉のなかに沈ませた。すると、ゼリー菓子にたっぷりと蜜をかけたようなヌルヌルした粘膜が、指を包み込んでくる。

「あン、うふン……あッ、あッ」

悩ましく眉を折り曲げ、ちょっと生臭い息を洩らして、加那子は切なげに腰を振る。

加那子から、言葉がなくなっていた。

たぶん、この特殊な生活で、意識の動きが麻痺しているのだろう。それに反して、体のほうはますます敏感になり、全身が性感帯と化している。

いきりたつ肉棹で、このヌレヌレマ×コを突きまくって、よがらせてやりたかった。それができない自分が悲しいし、腹立たしい。

そのとき、部屋に取り付けられたインターフォンが鳴った。タミだった。

夕食ができたのだという。

(チッ、間が悪いときに)

ベッドを離れかけて、ふと、ある考えが脳裏に浮かんだ。

バッグから貞操帯を取り出した。ラバー製のベルトを加那子の腰に締めておいて、電池内蔵の中型バイブレーターを加那子のそぼ濡れた花肉に押し込んだ。

スイッチを入れると、バイブが細かく振動をはじめた。

「うはッ」と顔をのけ反らせ、唇を嚙む加那子。

押し出されようとするバイブを根元まで押し込むと、それが出てこないように貞操帯のラバーバンドを股間にまわして、尻のほうで留めた。

その上から、白衣を着させて、ナースキャップをつけさせる。

「ど、どうなさるんですか？」

不安げに聞いてくる加那子に、

「ひさしぶりに、皆と一緒に食事をさせてやろうと思ってな」

「こ、このままですか？」

「ああ、そうだ。そのほうが食が進むだろう」

いやがる加那子を肩を抱きかかえるようにして、廊下へ連れ出す。

「いやです……取って、バイブを外してください。そうしないと……」

「そうしないと、何だ？　マ×コが気持ちよすぎて、飯が食えないか？　ふふっ、孝志に腰振りダンスを見せてやれ」

加那子の肩をグイと引きよせる。

ダイニング・ルームに降りていくと、珍しく孝志が先に食卓についていた。

加那子の姿を見て、ハッとしたように目を見開いた。

「ふふっ、今日は加那子が気分がいいというので、連れてきた」

そう言って、なかなか席につこうとしない加那子を、食卓につかせる。

加那子は孝志やタミのほうを見ようとしないで、うつむいている。よく見ると、キュッと唇を噛み締め、腰を微妙にモゾモゾさせている。

無理もない。バイブが腹のなかで小刻みに振動しているのだから。

「それでは、いただこうか」

今夜もこってりした中華であった。食事がはじまっても、加那子は箸を持つことさえしない。

「どうした、加那子？　まだ、食が進まないか」

「あ、はい」

「それでは、治るものも治らんぞ。いただきなさい」

加那子が箸を使いはじめた。

大皿の料理を小皿にとって、口に持っていく。だが、やはりバイブレーターが気になるのか、すぐに箸を置いてうつむいてしまう。

見るに見かねたのか、孝志が声をかけた。

「加那子さん、どこが悪いの？　おなか？　それとも……」

「……孝志くん、心配してくれてありがとう。でも、たいしたことはないのよ」

加那子が答えて、ちらりと孝志に視線を送った。

「そうかな。かなり悪そうだけどな。自分の部屋で休んでたほうがいいんじゃないの」

孝志が言って、榎本を見た。

「心配には及ばんよ。こっちで看病しているから、お前は心配するな」

「だけど……お父さんと一緒じゃ」

「一緒じゃあ、なんだ？　何を考えているんだ、お前は？」

「べつに……」

「加那子、お前が食べないから、孝志に不要な心配をかけるんじゃないか。食べなさい」

そう言って、榎本は加那子の小皿に料理を取ってやる。

加那子が料理を口に運びはじめた。額にうっすらと汗をかき、色白の顔を紅潮させながらも、箸を使う。

モゾモゾと腰を揺らめかせ、赤い顔で食事をする加那子を眺めていると、榎本までムラムラしてきた。

食事が終わると、榎本は加那子を連れて、自室に帰った。

部屋に入るなり、加那子はベッドに崩れるように腰をおろした。

「どうした？　マ×コが疼いて立っていられないか？」

抱き締めると、加那子は震えていた。

「いやッ！　こんなこと、もう二度となさらないで」

突き放しにかかる加那子を強く抱いた。

「ふふっ、恥ずかしかったか？」

「ええ、生きた心地がしなかった」

「そんなことを言って、ほんとうはここがグショグショなんだろ？　うン」

白衣の裾をめくって、太腿の奥をさぐった。

「ああ、しないで」

強引にこじ開ける。褌のように股間を覆っているゴムバンドの端から、ヌルヌルした粘液がはみだしていた。

ゴムバンドを指でなぞると、加那子はギュウと抱きついてくる。

キスをしてから、加那子をベッドに仰向けに寝かせた。

白衣の裾をめくると、T字型のゴムベルトがきっちりと白い肌に食い込んでいるのが見えた。

榎本は加那子の膝を腹につかんばかりに折り曲げて、股間を攻める。ぬるぬるした光沢を放つ基底部のゴムバンドは、擦りあげると、奇妙な音をたてて軋んだ。

はみだしている柔らかな恥毛を引っ張ったり、ゴムの窪みをなぞりあげると、加那子はなまめかしい声を洩らして、腰を揺すりたてる。

貞操帯を外すと、白い中型バイブが膣圧で押し出されてきた。ドロドロの淫蜜を付着させた流線型のバイブは、シーツにポトリと落ちて、ビーン、ビーンと振動している。

「ふふっ、こんなものが入っていたんだからな」

長時間のバイブの凌辱を受けて、左右の肉びらがめくれあがり、赤さの増したピンクの肉庭からぬめ光る膣孔が内部をのぞかせていた。

とどめを刺してやりたかった。この淫らな膣孔をのぞかせている女の急所に、ズブリとペニスを突き刺してやりたかった。

榎本は裸になると、股間の肉茎を指でしごいた。しごきながら、命じた。

「加那子、オナニーしろ。マンズリするんだ」

「……ああ、そんなこと」

「いいから、やれ」

加那子の腕が下腹に伸びた。

繊毛を張りつかせた恥丘をなぞっていたが、よほど欲求が高まっていたのか、中指を折り曲げるようにして媚肉の中心に押し込んだ。

「うぐッ……」

ナースキャップをシーツに擦りつけんばかりに顔をのけ反らせる加那子に、中指を叩きこむ。

左手では、白衣に包まれた胸のふくらみをつかんで、荒っぽく揉みしだいている。

「おおぅ、スケベだぞ、加那子。お前は淫らな女だ。いつも、マ×コを濡らして……さっきだって、孝志の前で、ほんとうはこうしたかったんだろ？　クリトリスを指で擦って、イキたかった。派手に気をやりたかった。そうだな、うン」

「ああ、違う、違うわ」

「違わない。正直に答えろ！」

言葉でなぶりながら、榎本は猛烈に肉茎をしごいている。

「正直に言え！」

「……ああ、そうです。加那子は、加那子は……おかしくなりそうでした。ここに、ここに入れて欲しくて」

「ふふっ、どっちのを入れて欲しかった？　孝志のか、それともコレか？」

言いながら、加那子の左手を導いて、半勃起状態のものを握らせる。

「ううっ、わかりません」

「わからないだと？　コラッ、そんなに孝志のがよかったか。このスケベ女め」

力が漲るのを感じて、榎本は腰を近づけ、切っ先で花芯をさぐった。

ヌルヌルしたものが先にまとわりついてくる。

強引に押し込もうとした。

先っぽがめりこんでいく感覚があった。ここぞとばかりに体重をかける。だが、完全勃起していないせいか、狭い肉路をこじ開けることはできないのだ。

グンニャリとしたものがわずかに埋まっているはずだが、硬化していないせいか、挿入したという実感がない。快感も感じられない。

（くそゥ、なんてことだ）

自分に失望しながらも、腰を律動させた。

「ううン、ああン」

加那子が声をあげた。完全にはおさまっていないのだが、クリトリスあたりは刺激しているのかもしれない。

「おおぅ！」

吼えるように唸り、さかんに腰を使った。

一瞬、快美感が湧きあがる気配があった。だが、それも束の間で、次第に分身から力が失せていくのがわかった。

と、そのとき、ドアの付近で物音がした。

「誰だ！」

声を張り上げて、ベッドを降りると、ドアに近づいた。

ドアを開けて外を見ると、廊下の角を曲がっていく後ろ姿が見えた。

ハーフパンツにＴシャツを着ていた。

（孝志か！……）

さっき食事をとっているときの格好と同じだった。

きっと加那子が心配になって、様子を見にきたのだろう。なかの様子を見ることはできなかったろうが、盗み聞きはされたかもしれない。すでに一度、盗み聞きされている。

（まったく、どうしようもない奴だ。まだ加那子のことを、諦めていないらしい）

ベッドに腰をおろすと、加那子が聞いていた。

「誰ですの？　孝志くん？」

「ああ、孝志の奴だ。まったく、困ったものだ」

そう言いながら、横になった加那子の白衣に包まれたヒップを撫でる。

張ちきれんばかりの尻たぶをさすりながら、榎本はひとつの考えが心のなかでまとまってくるのを感じた。

（いくらなんでも、それはやりすぎだろう。だが……）

榎本は髭の伸びはじめた顎を指でなぞりはじめた。それは、榎本が仕事において、何か斬新なアイデアを思いついたときにやる癖であった。

第八章　花肉激撮

1

榎本は部屋に三つのＣＣＤカメラを取り付けた。

ひとつは壁に掛かっているモジリアニの複製画に。これは部屋の全体を俯瞰するためのカメラである。

二つ目は、ベッドの脇のサイドテーブルに置かれたティッシュボックスに。三つ目はライティングデスクのペン立てに。

無線で映像を飛ばし、それをすぐ隣の空き部屋に受像機を置いて受信することにする。その調整をしていると、加那子が怪訝な顔で聞いてきた。

「これで、何をなさるんですか？」

「今にわかる。加那子にとっては、悪いことではないから」

加那子をベッドに寝かせると、隣の部屋に行って受像機のスイッチを入れる。

三つの小型モニターに、黒い下着姿の加那子がベッドに横たわっている姿が、様々な角度から映し出された。

（よし、これでいい）

榎本は受像機のスイッチを切った。

その日の夕食時、榎本はタミと孝志の前で、こう言った。

「今夜、ちょっと急用ができてな。会社に泊り込むことになった。一晩空けるからな……それから、加那子は置いていくから。まだ本調子でないようだからな」

「大丈夫でございますか？　加那子さんがいらっしゃらなくて」

「心配するな。最近は私も自分でインスリンを打てるようになってな。血糖値も安定している」

「あの、私、今夜はここに泊まってもようございますよ」

タミが言った。加那子と孝志の関係を心配しているのだろう。だが、余計なお世話である。

「いや、それでは、タミさんに悪い。いいから、この後片付けが終わったら、帰りなさい」

「そうですか……」

タミは不安を表情に表して、孝志をちらりと見た。

「いいんだ」

強く言う。タミに残られたら、せっかくの計画が台無しになる。

孝志をうかがうと、明らかに何か考えている様子だ。おそらく、今夜、榎本がいない間に、部屋に忍び込むつもりだろう。

夕食が終わって、榎本は加那子に食事をとらせてトイレに行かせた。それから、犬の首輪をはめて、加那子の腕を後ろ手にロープでくくった。

「急用ができたから、今夜は帰らないからな」

言うと、加那子はびっくりしたように大きな瞳を向けてきた。

「トイレか?……我慢できなくなったら、そこにしろ。いいな」

リードが届く範囲に洗面器が置いてあった。

「それから、念のためにカメラのスイッチを入れておくから」

三つの隠しカメラのスイッチを入れた。

「これは隣の部屋にある受像機に録画される。妙なことをすれば、すぐにわかるからな」

するると、加那子が心配そうに言った。

「あの、インスリンは?」

自分がこんな状態に置かれても、榎本の体調を気にかけてくれている。専属ナースだから当然とはいえ、やはりこの女はやさしいのだと思う。

「ああ、持ったよ。たぶん、帰りは明日の昼頃になると思う。それまでおとなしくしていろよ。いいな」

そう言い残して、部屋を出た。

待機させておいた自家用車に乗り込むと、家を出た。

だが、榎本を乗せた黒塗りの高級車はしばらく街中を走った後で、榎本家の五十メートルほど手前で停まった。

榎本は専属運転手に「今夜はこのまま自宅に戻っていい。明日、電話を入れるから」と言って、車を出させた。

そして自分は歩いて榎本家に戻った。

こっそりと門を潜り、裏口から家に入った。タミも家に戻ったらしくて、家のなかは静まりかえっていた。

抜き足差し足で廊下を歩き、自室の隣りの部屋に入った。

それから、受像機のスイッチを入れた。

2

加那子は、茫然として絨毯の上に体を横たえていた。

こうして、一人部屋に残されると、寂寥《せきりよう》感が押し寄せてくる。やがて、自分の内部へと意識が向かいはじめる。

(どうして、私はこんな目にあっているのか?)

専属ナースとしてこの家に派遣されたはずだった。それなのに、今は看病するはずの患者の部屋に閉じ込められて、終わりのないセックスを強いられている。

原因は自分にある。榎本のセックスを受け入れ、その息子にまで許してしまった自分がいけないのだ。

だからと言って、この奴隷同然の生活はひどすぎる。

しかし、どこかでそれを受け入れてしまっている自分がいる。

隙を見て、病院に電話をかけることだってできたはずだ。だが、それをしなかった。やはり、心のどこかでこの軟禁状態を甘んじて受け入れてしまっているのだろう。

（私はどんな苦難でも耐えられるように、出来ているのだろうか？）

物心がついたときから、我慢強かった気がする。

部活も、受験勉強も、美人であるがゆえの男の子からのいじめにも、忍耐強く耐えてきた。

あるとき、ひどい裂傷を負ったことがあった。そのとき、友人が言った言葉を覚えている。

「加那子、なんで笑ってられるの」

笑っているつもりはなかったのだが、友人に心配をかけまいとして無意識に作り笑いをしていた。

（いつもそうだったような気がする。そして、今も……）

そのとき、廊下を忍び足で歩いてくる足音がした。

誰だろう？……その足音はやんだ。そして、隣室のドアが開く軋んだ音が聞こえた。

（隣に入ったわ。孝志くん？……でも、孝志くんは隣室に受像機があることは知らないはずだ。ということは……榎本が？　そんなはずはない。榎本は出ていったはずだ）

思いを巡らしていると、今度ははっきりした足音が近づいてきた。歩き方の特徴で、それが孝志であることはわかった。

足音がドアの前で止まり、しばらくすると、ドアが開いた。

孝志がハーフパンツにTシャツの部屋着姿で突っ立っていた。驚いたように目を見開いている。

加那子は自分のみじめな姿を思い出して、

「いやッ、出ていって！」

突き放すように叫んだ。

「加那子さん、やっぱり、こんなひどいことをされていたんだね」

孝志が急いで近づいてくると、両手を背中でくくってあるロープをほどこうとする。

「駄目ッ、いけない。私に触れないで！」

孝志は、どうしてという顔で加那子を見た。

隠しカメラが一部始終を録画しているはずだ。こんなところを榎本に見られたら、孝志は榎本の逆鱗に触れるだろう。これ以上、孝志を巻き込みたくなかった。

「どうしてさ？」

なおもロープをほどこうと手を伸ばす孝志。

「駄目なのよ。どうしても駄目なの。お願いだから、このまま部屋に帰って！」

必死の思いで訴えた。

「そうか、わかったよ。親父にそう言われてるんだね。ぼくが来たら、追い返せって……かまうものか。ぼくが、加那子さんを助けてやるよ」

孝志は言うことを聞かず、手首のロープをほどいた。

くっきりした縄目が残った手首をさすりながら、加那子は言った。

「ありがとう。楽になったわ。これでいいわ。だから、お願い、このまま帰って、お願いよ」

「可哀相に。こんな犬の首輪なんかされて」

孝志は加那子の訴えを無視して、犬の首輪を外しにかかる。

だが、それはがっちりと施錠されていて、鍵がないと取れないのだ。そしてその鍵は榎本だけが持っている。

「くそゥ、なんだよ、これは」

孝志は金鎖が繋がれているベッドの足をなんとかしようとする。しかし、ベッドは病院で使用するような金属性のもので、簡単に取外しができるものではなかった。

「くそォ、オヤジのやつ」

ジャラリ、という金属が擦れる音をたてて、孝志はチェーンを放り投げた。この部屋から加那子を連れ出すことを諦めたのか、絨毯に座りこんだ。

加那子はそんな孝志を、横座りになって見ていた。

(これから、この子はどうするつもりなのか？　監視カメラが狙っていることを告げられたら……しかし、そんなことをすれば、この子はますます父親を憎むようになるだろう)

ちらり、ちらりとＣＣＤカメラが取り付けてある方角に視線をやる。

ふと見ると、孝志の視線が下半身に落ちていた。

加那子は赤のハーフブラに、ガーターベルトで赤の太腿までのストッキングを吊っていた。パンティははいていない。

孝志の視線は、その露わになった翳りのあたりに向かっていた。

この娼婦のような下着姿は、孝志にとってはおおいに刺激的に違いない。いやな予感がした。すぐにそれは現実になった。

急に無口になった孝志が、近づいてきた。ぴっちりと閉じて斜めに流した膝に手をかける。

「駄目ッ！　いけない！　駄目なのよ」

両手で孝志を突き放しにかかる。しかし、孝志は盛りのついた雄のような目になっていた。

力ずくで後ろに倒され、膝を押しひろげられた。

どうあがいても、男の力にはかなわなかった。曲げた足をみっともなくひろげた格好で押し開かれて、いやいやをするように首を振る。

孝志の欲情した視線で、さらしものになった花肉が射抜かれるようだ。

「いけません！　こんなことをしたら、孝志くんも、お父さまと同じになってしまう。我慢して」

耐えられなくなって、訴える。

「親父とはいいことしてるくせに……知ってるんだぞ。看病だとか格好つけやがって。ほんとはいやらしいことしてるくせに。この前だって、親父にやられてたじゃないか」

孝志がギラつく視線を向けてくる。

やはり、あのとき、のぞいていたのは孝志だったのだ。

「あいつには許しても、ぼくは駄目だっていうのか。そんなの、おかしいだろ」

吼えるように言うと、孝志は太腿の奥に顔を埋める。

さんざん凌辱されてめくれあがった肉の花びらを舐め、その狭間にも舌を這わせてくる。

「ううッ、駄目ッ……汚いわ。汚れているの」

「ぼくが、きれいに舐めてやるよ。清めてやるよ」

孝志は情熱をこめて、花肉を舌で愛撫してくる。言葉通りの丹念で緻密な舌技に、加那子は怯えた。

ちょっと気を許せば、愉悦のうねりが立ちのぼりそうな気配だ。だが、ここでまた孝志に肉体を許せば、自分は堕落してしまう。人間以下のものに落ちてしまう。

「やめて……ううッ、お願い。孝志くん、やめて……」

手で肩を押して、絨毯を上へ上へとずりあがる。

だが、孝志は両手で太腿を抱えこむようにして、加那子の下腹部を引き寄せ、執拗に舐めまわしてくる。

ぬめりとした柔らかい肉片が敏感な箇所を這いまわる。ふっと気が遠くなりそうな瞬間がある。

いけないと思いなおす。隠しカメラが二人を狙っているのだ。榎本が後でこの映像を見るのだ。

（いけないわ。こんなことしていては。孝志くんを追い返さなくては……）

心ではそう思っている。だが、肉体がそれを裏切る。

切なくて切なくて腰がひとりでにうねってしまいそうな、そんな魅惑的な快美感が容赦なく湧きあがり、全身へと流れていく。

（ああ、いやだわ。こんなはずではなかったのに……ああ、もう駄目）

肩を突き放そうとしていた手が、孝志の頭に伸びた。短く硬い髪を撫でさすり、耳のあたりまで愛撫していた。

「うふン、うふン……あッ、ううン、あッ……」

孝志の顔を愛しげに撫でながら、腰を微妙にくねらせる。

気配を察したのか、孝志が覆いかぶさってきた。

上になり、キスをせがんでくる。

近づいてきた唇に、加那子は自分からむさぼりついた。頭をかき抱き、頭髪をクシャクシャになるほどに指でかき乱して、唇を吸う。

さらには、舌を口腔に入れて、孝志の舌を求め情熱的にからませる。

(榎本が見たいのなら、見せてあげる。息子と契る加那子の姿を見て、悔しがるがいいんだわ)

孝志が胸のふくらみをつかんだ。唸り声をあげてキスに応えながら、ブラジャーごと乳房を荒っぽく揉んでくる。

「ああ、いいわ。いいのよ、孝志くん!」

加那子はキスをしていられなくなり、喘ぐように孝志にしがみついていく。

孝志がブラジャーのホックを外そうとするので、背中を浮かせてそれを助けてやる。ホックが外れ、赤いブラジャーがはぎとられた。

プルンとまろびでた真っ白な双乳に、孝志は齧りついてくる。

豊かな房を下からすくいあげるように揉みながら、先端の蕾にしゃぶりつく。すでに硬くせりだしている突起を吸われ、転がされる。

胸に顔を埋めている孝志を抱き締めた。

そして、髪の毛に小鳥がついばむようなキスを浴びせる。

硬めの髪の毛が痛かった。

だが、その乾草のような匂いが、加那子を大胆にする。

上体を持ち上げるようにして、右手を伸ばし、孝志のズボンをまさぐった。

ハーフパンツの下には、硬い肉の棒が息づいていた。

肉茎のかたちに沿って撫でていると、孝志が体を起こした。

ハーフパンツを脱ぎ、ブリーフを足先から抜き取った。

そして、加那子の髪の毛をつかんで、自分はベッドに腰をおろした。加那子の顔を股間に引き寄せると言った。

「しゃぶってくれよ。親父にもしゃぶってやったんだろ。インポのチンコをさ」

「わかったわ。でも、お父さまのことは二度と口にしないで。つらいの」

「……そうか、ごめんよ。わかったよ。あいつのことは、もう言わないよ」

孝志が素直に言った。

加那子は膝を揃えてしゃがむと、左手を絨毯について体を支え、右手を怒張に添えた。ゆっくりとしごいただけで、鮮やかなピンク色にてかる亀頭部がますます膨張するのがわかった。

血管を根っこのように浮かびあがらせた茎胴は、少年とは思えないリュウとした姿を示して、いきりたっていた。

ゾクゾクッとした戦慄が背筋を走った。

（やはり、私はこれがないと駄目なのだろうか？　この逞しいもので貫かれないと、満足できないのだろうか？）

初めのときは、たよりなさを感じたものだが、今はたのもしささえ覚えてしまう。

加那子は無意識のうちに舌で唇を湿らせると、かたちのいい唇をひろげて、先端を頬張った。

力強い勃起を見せるその硬さが、ギンと張った雁首が、唇の内側をすべっていく感触が心地よい。

加那子は次第に夢中になっていった。

茎胴を擦りながら、先端をクチュクチュと頬張る。もっと奥まで咥えたくなり、指を離して肉茎を根元まで咥えこんだ。

しばらくじっとして、みっちりと口腔を埋め尽くしてくるものの感触を味わう。

肩で息をして、硬い肉の棒の鼓動を感じる。

それから、静かに唇をすべらせる。キュッと表面を締めつけて、ゆっくりとスライドさせる。

3

孝志はうっとりと目を閉じて、立ち昇る快美感に酔っていた。

加那子は潤沢な唾を肉茎にまぶすと、それを舐めとるようにして上下にしごいてくる。鋭角に勃ったそれを、指で腹のほうに押しつけておいて、裏筋を丁寧に舐めたりもする。

さらには、皺袋まで舌を伸ばして、皺の間に丸めた舌先を入れたり、全体を頬張って玉を転がすようなこともする。

前のときより、ずっとやり方に念が入っている。

親父に仕込まれたのかもしれない。そう思うと、ムラムラしてくる。

だけど、そんな思いもすぐに忘れるほどに、加那子のフェラチオは絶妙だった。

肩までのストレートの黒髪がさわさわ揺れて、内腿をくすぐる。いったん顔をあげ、流れ落ちる黒髪を耳の後ろに梳きあげると、ふたたび咥えこんでくる。

こんないい女を、親父に取られるなんて、絶対にいやだと思う。自分だけの女にしたいと思う。

たしかに自分は今、まだ大人ではないが、加那子ほど美人でセクシーでやさしい女は、二度と自分の前には現れないんじゃないかって気がする。

加那子が顔をあげて、つらそうに肩で息をした。

「続けてよ」

せかすと、加那子が潤んだ目を向けて、言った。

「ねえ、孝志くん。触って……加那子を愛して」

孝志はその哀切な表情に胸うたれた。

「わかったよ。じゃ、今度はぼくが……」

加那子をベッドにあげて、四つん這いにした。

犬の鎖がジャラリと音をたてる。

犬のように這った加那子の体は、夢を見ているんじゃないかと思うくらいに官能美に満ちていた。

頭をちょっと傾けて下げているので、さらさらした黒髪が片方に流れ落ちてシーツに美しい曲線を描いていた。なだらかな肩から背中にかけてのしなやかな肌のたわみは、女の優美さそのものだった。

そして、キュッとくびれたウエストからヒップにかけてのラインは、女の逞しさみたいなものを表している。赤のガーターベルトがヒップを縦に走り、双臀の丸みにアクセントをつけていた。

しかも、刺しゅう模様の入った太腿までの赤いシースルーのストッキングを吊っているので、娼婦のようなエッチ度が増していた。

後ろにまわった孝志は、覆いかぶさるようにして悩ましい背中を背骨に沿って舐めおろしていった。

「ううンン、ああンン、それ……」

加那子が切なそうに腰を揺らめかした。

「いいんだろ、気持ちいいんだろ?」

「ええ、ゾクゾクするわ」

柔らかくしなった背筋から急激に高くなったヒップの曲線。

双臀の狭間で、セピア色のすぼみが息づいていた。悪戯したくなって、そのすぼみをペロリと舐めてやる。

「ああン、いやよ……くすぐったい」

なよなよとヒップを揺すりあげる。

孝志は姿勢を低くして、アヌスから続く敏感な箇所を舐めてやる。さらには、その下でわずかに肉孔をのぞかせた潤みきった秘肉にも舌を走らせる。

「ああン、ううン、うふッ、うふッ」

ヒップをくねらせる加那子。その仕種にも、どこか恥じらいが感じられて、ますますそそられてしまう。媚肉が誘っていた。

孝志は人さし指と中指を合わせて、ズブリと肉孔に差し込んだ。

「うはッ！……」

前に突っ伏しそうになる加那子の腰を引き寄せて、ヌプヌプと指で犯した。素晴らしい膣肉の食い締めを感じながら、もう一方の手で背中や脇腹を撫でさする。

「ううンン……ああァァ、ううンン」

加那子は顔を上げ下げして、切なそうに喘いだ。そのたびに、首輪に繋がれた金鎖がジャラジャラ鳴って、倒錯的な気分が高まる。

左手を伸ばして、乳房をつかんだ。下を向いた乳房をタプタプ波打つように揉みしだき、硬くなった蕾をいじってやる。

「ああ、駄目よ！……そんなことされたら」

「ふふっ、気持ちよくなっちゃうんだろ。ぼく、上手くなっただろ？」

「ええ、孝志くん、上手くなったわ。こっちがおかしくなりそうよ」

「だろ？　もう、ぼくが中坊だからって、ナメないでよ。わかったね」

「……ええ。ああァ、それ……」

加那子がグーンと顔をのけ反らせた。

深々と押し込んだ指で、粘りつく肉襞を続けてノックしてやったのだ。

そのぬめりを分身で感じたくなった。

お尻を両側から押さえこんで、屹立で湿原をさぐった。すると、腰が逃げた。

「駄目ッ、やっぱりいけない」

「なんでだよ」

「孝志くんは、わかってないのよ」

「何がだよ、何がわかってないんだよ」

「……とにかく、駄目なの。我慢して」

「我慢できないね。それに、こんなに濡らしてるじゃないか」

ほころびかけた肉びらをなぞると、「ああッ」という声とともに腰がビクンと震えた。

「こんなになってるのに……無理だよ。我慢するなんて無理なんだよ」

孝志は逃げようとする腰をとらえて、切っ先をぬめりの中心にあてた。そして、腰を突き出すようにして体重をかける。

「いやァァ!」

悲鳴とともに、切っ先が狭い肉の入口を通過していく。

グググッとなかまでめりこんだ。

「うぐッ……」

加那子が一瞬、顔を跳ねあげて、それから呻いた。

幾重もの肉襞が素晴らしい緊縮力でもって、肉棹を包み込んできた。ただ包むだけでなく、なかで地殻変動が起きているみたいに分身をしごいてくる。

危うく洩らしそうになって、孝志はグッと奥歯を噛んだ。

このまま動かしてはすぐにも出そうなので、ピストン運動する代わりに、前に屈み込んで、乳房をつかんだ。

汗ばんでしっとりした乳肌をタプタプ言わせる。強弱をつけて叩くようにして刺激を与える。

さらには、乳首をつまんだり、転がしたりする。

「ウン、あッ……ウン、ううンン」

加那子は湧きあがる快美感を溜め込んでいるみたいだったが、やがて、少しずつ腰を揺すりはじめた。

ちょっと前後に腰を振っては、恥ずかしそうに動きを止める。それでも我慢できないのか、ふたたび腰を突き出す。そうやって、抽送のおねだりをしているのだろう。

突入の興奮がおさまった孝志は、ピストン運動を開始した。

上体を真っ直ぐに立て、腰を引きつけておいて、グイグイと突き上げる。

ヒップの肉の跳ね返るような弾力が伝わってくる。

「あン、あン、あン」

加那子は続けざまに喘いで、悩ましい声を響かせた。

背中を弓なりに反らせて、ぴったりと顔の側面をシーツにつけている。足を開き気味にして、もっと深くとでも言うように花肉を押しつけてくる。

分身を叩きこむごとに、加那子は上体を低くする。その代わりに腰はあがってくる。そのしなやかな獣のような痴態が、孝志にはたまらないのだ。

（もっと、もっと加那子をよがらせてやる。ぼくから離れられなくさせてやるんだ）

孝志はその姿勢から、下半身で繋がったままベッドに座った。そして、足を伸ばしてその上に後ろ向きに加那子を跨がせる。

「ああ、孝志くん。こんなことまで出来るの？」

信じられないといった声を出す加那子。後ろを向いているので顔は見えない。でもその代わりに、背中とお尻が見える。

弦楽器のようなS字カーブを描く背中からウエスト、そして雄大なヒップにかけてのラインが、たまらなく官能的だ。

「加那子さん、動いて。自分で動けよ」

加那子はためらっていたが、やがて、静かに動きだした。

右手を足のほうに、左手を腹のほうについてバランスをとりながら、腰を揺すりはじめた。

「ウン、あッ……いや、これ、恥ずかしい」

うつむきながらも、腰を前後にすべらせている。

「加那子さん、卑猥だよ。お尻がモコモコして、とってもいやらしいよ」

「ああ、言わないで」

叫ぶように言いながらも、加那子は次第にヒップを激しく擦りつけはじめる。

まるで腰から下に別の生き物がとり憑いたみたいだった。

「ウン、うン……ああンン」

哀切な声をこぼしながら、加那子は上半身を後ろに倒したり、前に屈めたりする。

そうやって、肉棹が刺激する位置を変えながら、自己の快楽に没入しているのがわかった。

孝志は硬直が膣肉で揉みこまれるような快美感に、暴発しそうなのをグッとこらえる。合間を見て、下から突き上げてやる。

「あはッ！……」

加那子は何かをこらえるように肢体を強張らせる。その波が去っていくと、また自分から腰を揺すりはじめる。顔を見たくなって言った。

「こっちを向いて」

加那子は気だるそうな動きで、いったん腰を浮かせて肉棹を抜いた。それから、正面を向いて跨がると、愛蜜で濡れる肉棹に指を添え、腰を落として硬直を下腹に呑みこんだ。

「動けよ、自分で動くんだよ」

「ああッ、できないわ……恥ずかしい」

焦れた孝志は上体をあげて、加那子を抱き締めた。

正面からの座位の格好で、グイグイと突き上げていく。

「あン、あン、あン……」

加那子は片方の手を孝志の首の後ろにまわし、もう一方の手を後ろについて体を支えながら、悩ましいソプラノをスタッカートさせた。

孝志は腰骨の蝶番が外れそうなほどに猛烈に突き上げているので、加那子の肢体がバウンドするみたいに跳ねた。

少しの間、休むと、加那子が抱きついてきた。

「孝志くん、すごいわ。どうしてこんなに上手くなったの?」

「さあね、本能ってやつじゃない」

孝志はそう答えておく。

もちろん、ハウツーセックスの本を見て学習したのだ。ひそかにアダルトビデオも借りていた。だから、だいたいの体位とかはわかる。

孝志は目の前の乳房にしゃぶりつく。唾液で妖しくぬめ光る乳首を吸い、転がしながら腰を揺すりあげる。

「ああッ、おかしくなりそうよ」

加那子がギュッと抱きついてきた。

第九章　父と息子と——

1

榎本は受像機に映る、加那子の姿を食い入るように見ていた。

(何が、『孝志くん、上手くなったわ』だ。気持ちよさそうに、ケツを振りやがって。許せん、許せんぞ)

榎本は歯軋りして唸った。だが、股間のものは確実に硬くなり、トランクスを突き上げている。

三方から映し出された映像が小型モニターにはっきりと映っていた。

孝志が何か言って、体位を変えた。今度は正面からのしかかり、仰向けになった加那子の足をつかんで、腰を使っている。

加那子は両手で孝志を抱えて、気持ち良さそうに眉を折っていた。足を孝志の腰にまわして、引き寄せるようなこともする。

（あれほど息子とはするなと言っておいたのに、この有り様だ）

だが、気持ちとは裏腹に、分身は雄叫びをあげていた。

やはり、自分の分身をいきりたたせるには、この方法しかないのだった。最愛の女が他の男に貫かれて、淫らに高まっていく姿を見ることしか。

トランクスのなかに右手を潜りこませる。股間のものは、雄々しくそそりたっていた。

（今ならできる。加那子のオマ×コに、この硬い肉棹を突っ込んでやれる）

やがて、孝志の腰の動きが急激に速くなった。加那子が「ううッ」と顎を突き上げて、シーツをつかんだ。その姿を見ているうちに、こらえきれなくなった。

（ええい、どうにでもなれ）

榎本は立ちあがり、ドアに向かった。廊下に出て、隣室のドアを開け放った。

二人がこちらを振り向いた。ハッとした驚愕の表情が、すぐに、怯えのそれに変わる。かまわず進み、孝志を押し退けた。

孝志が爆発寸前の肉茎をいきりたたせて、後ずさる。

「どういうことだよ、なんで?」

「いいから、お前はアッチへ行ってろ」

「いやだね。いやだよ!」

体当たりしてくる孝志をかわして、肩をつかむ。

振り向かせておいて、榎本はビンタを放った。

乾いた音がして、孝志が頬を押さえた。自分が叩かれたのが信じられないといった顔で唖然としている。孝志を、力ずくで部屋の外に追い出した。ドアを閉めて内鍵をかける。

「開けろよ、卑怯だぞ。開けろよ」

ドンドンとドアを叩く音が部屋中に響いた。

それを無視して、榎本は服を脱ぐ。依然として、股間のものは惚れ惚れするような角度でそそりたっていた。

ベッドに近づくと、加那子は怯えた目をして、いやいやをするように首を振った。

「気になって、戻ってきたら、このざまだ。お前には、お仕置きをしなくてはいかんな」

事実を捏造して言って、ベッドにあがった。

加那子が正面から見すえて、言った。

「嘘だったのね。ずっと、隣の部屋にいらしたのね」

「……ああ、そうだ。お前たちの密会を、鑑賞させてもらったよ」

「どうして、そんなことをなさるの？」

加那子が眉をひそめた。

「まだ、わからんのか。これを見ろ、これを」

加那子の手を導いて、屹立をつかませる。

「元気だろ。どうやら、こういうことをしないと、私のは元気にならないらしい」

加那子がハッとしたように、濡れた瞳を向けてくる。

榎本は汗ばんだ裸身を抱き締めると、耳元で言った。

「私がひどいことをしているのは、わかっている。だが、私はお前に惚れている。好きでたまらんのだ。だから……わかるな。私の思いをもう一度、遂げさせてくれ……お前は聖母のような女だ。白衣をつけたマリア様だ」

そう言って、正面から加那子をじっと見つめる。加那子が少し考えてから、口を開いた。

「私は聖母なんかじゃないわ。私は……私は、ただ……」

そう言って、唇を噛む。

「言うな。お前が自分のことをどう思っているか、そんなことは関係ない。だが、お前は何でも許してくれる女だ。心の広い女だ。私はそんなお前の前にひざまずきたくなる。そして……抱き締めたくなる。アレでお前と繋がりたくなる」

榎本が心のなかを吐露した。本心であった。

加那子が無言で見つめ返してきた。その濡れた瞳が何を語っているかは、榎本にはわからなかった。だが、黒い瞳の底は凜と澄みきっている。

加那子が沈黙に耐えきれなくなったかのように言った。

「わかりました。でも、私は聖母ではありません。私は女です。生身の女なんです」

「女か……そうだな、女だ、確かに……だが、男の願望を満たしてくれる女だ」

榎本が言うと、加那子は顔を伏せた。それから、キリッとした態度で顔をあげると、榎本を道連れにするかのように、ベッドに仰向けになった。

自分から足をひろげて、膝を立てた。

それから目を閉じた。すべてを受け入れるかのように。

榎本はそのやさしい美貌に見とれながら、いきりたつ硬直に手を添えた。血管を浮き上がらせるほどに猛々しく勃った肉茎が誇らしい。

柔地の窪みをさぐって、腰を進めた。柔らかな肉襞が分身にあたる。押し込んだ瞬間、加那子は「うはッ」と顔をのけ反らせた。

(これだ、これが欲しかったのだ)

さらに、腰を入れると、とろけた肉襞がざわめくように肉棹にまとわりついてくる。

榎本は上体を起こしたまま下腹部を押し出して、ズイッ、ズイッと愉悦の塊を送り込む。

完全勃起した肉茎が、狭い肉路を削っていた。この充実した征服感が、自分を男にするのだ。男としての自信を回復させる。

上体を前に屈めて、胸のふくらみをつかんだ。素晴らしい芸術品のように円錐形に隆起した乳房は、揉むごとにかたちを変えて、指に吸いつくようだ。

「あン、あン……ああンン」

加那子がひっしと抱きついてきた。

「おおぅ、キスしてくれ」

榎本は唇を重ねて、ねちねちと吸った。舌で突くと、薄くルージュの引かれた唇がほどけた。舌をすべりこませると、加那子がそれを迎え入れた。

なまめかしく喘ぎながら、自分から舌をからめてくる。二人は舌先をダンスでも踊るように接触させたり、旋回させるように舐めあったりする。

榎本はこれまでとは違う加那子の反応に驚きながら、ディープキスを繰り返し、腰を波打つように動かした。

「うふッ、うふッ……」

加那子は甘えたような鼻にかかった声を洩らしながら、背中を抱き締めてくる。

もっと深くに届かせたくなって、榎本はキスをやめ、上体を起こした。

そして、腕立て伏せをするような格好で、力強く打ち込んだ。

「あッ、あッ……ううン、あぁン……」

加那子が悩ましく喘いで、榎本の両手をつかんだ。さらに、打ち込むと、

「うン、うン……加那子を大切にしてね。可愛がってくださいね」

そう、愛らしいことを言う。

「愛人になってくれ。お前を一生、可愛がってやる」

榎本は上体を立てると、加那子の細腰に手をまわしてグイと持ち上げた。

ブリッジでもするような格好で背中を浮かせた加那子は、「ああッ」と声をあげて、榎本の腰に足をからませてくる。

「そうら、イケ」

立て続けに、抉った。膣とペニスの角度がぴったり合って、子宮口まで切っ先が届く。反りかえった先端が、粒々した肉路の天井を擦りあげている。

榎本は至福のなかで、なおも連続的に怒張を叩きこんだ。

「あン、あン……ううンン、いやァァ……怖い、怖いわ」

加那子が逼迫した声をこぼして、膣肉を押しつけてくる。

「私がついているだろ。そうら、イッていいぞ。心行くまでイクんだ」

渾身の力をこめて、押し込んだ。

「ああァァ、もう……あッ、あッ……」

「おおゥ、イケよ。おおゥ！」

最奥まで抉りこんだ瞬間、加那子は「うム」と呻いて背中を弓なりに反らせた。

肉路の収縮を感じて、榎本も欲望を解き放った。脳髄にまで響きわたるような痛切な射精感が、背筋を貫く。

ぐったりとなった加那子にのしかかるようにして、榎本は体を折り重ねた。

どのくらいの時間がたったのか、榎本は下半身に異常を感じた。萎えたはずの分身にまたまた、力が漲っていた。挿入したままだったので、加那子の膣の蠕動に刺激されたのだろう。

すると、それに気づいたのか、加那子がやさしく微笑んだ。

体を起こして、榎本をベッドに仰向けに寝させた。勃起しかかっていた肉茎に指を添えて、ゆったりとしごく。

一度爆ぜたはずなのに、榎本の分身は若者のような角度でいきりたった。

「もう一度、できそう」

加那子が悪戯っ子のように榎本を見た。切れ長の目尻がほのかにピンクに染まっている。

「ああ、できる。できるぞ」

「あまり、興奮なさってはいけませんよ。また、血糖値があがりますからね」

加那子は看護婦然として言うと、聖母の微笑みを口元に刻んだ。それから、榎本の腰に向かい合うかたちで跨がった。

いきりたつ肉棹に手を添えて角度を調節すると、切っ先を窪みにあてた。少しずつ腰を落とす。粘液にまみれた怒張が、ズブズブッと埋まっていった。

「あ、はーン」

三日月のような眉を寄せて、加那子は哀切に喘いだ。

榎本の腹に手を突いてバランスを取りながら、腰を動かしはじめた。

「おおぅ、いいぞ。アレがとろけそうだ」

榎本は湧きあがる快美感に酔いながらも、手を胸に伸ばして、ふくらみをつかんだ。

「ふふっ、いけません。すべて、加那子に任せてくださらないと」

加那子は、乳房に伸びた腕を静かに置いた。そして、ゆったりと腰をグラインドさせる。

「おおぅ、たまらんぞ」

榎本はうっとりと目を細めて、快感に酔った。幾重もの肉層がざわめくようにして、分身を揉みこんでくる。これ以上の悦楽が、この世にあるとは思えなかった。

「加那子、おおぅ、加那子……」

何度も加那子の名前を呼んだ。

「うフン、ううンン……ああ、秀行さん……加那子も、加那子もおかしくなりそう」

加那子は艶のある声をあげて、腰から下をくなり、くなりと揺らし続ける。

2

一カ月後、加那子はS総合病院の内科病棟で、忙しく立ち働いていた。

あれから、榎本は契約満了の期日が来る前に、院長に契約の延長を申し込んだ。だが、院長はそれを断った。

「理事には申し訳ないが、市村さんはうちの病院になくてはならない人です。ほんとうに申し訳ないが、病院に戻させてもらいます」

そうきっぱりと断ってくれた院長を、加那子は頼もしく感じたものだ。

榎本はしばらくの間、執拗に院長に考えを変えるようにせまったが、結局は院長にはねつけられたようだった。その腹いせに、医療法人S会への寄付を大幅に減らすという噂もあった。

加那子はその噂を複雑な気持ちで聞いた。

自分が悪いのだと思った。だが、だからといって、自分に何ができるだろう？院長が突っぱねてくれなければ、今も自分は榎本家にいただろう。そして、親子との痴戯に耽っていたかもしれない。

榎本との最後になったセックスのなかで、加那子は幾度となく忘我の彼方に押しやられながら、奈落の底に落ちていくのを感じていた。それは、背徳的ではあるが、おぞましい魅惑の光芒に満ちた世界であった。

だからこそ、加那子は榎本家での出来事を考えまいとした。だが、それはすでに加那子の肉体の底深くに、棲みついていた。

この日、加那子は深夜勤務のローテーションにあたっていた。

ガラス張りのナースセンターで、二人の看護婦とともに点滴のチェックなどをしていると、ナースコールが鳴った。

五〇六号室。風邪をこじらせて、肺炎になった中学生の久保田信一《くぼたしんいち》が入院している部屋である。肺炎はもうほとんど治癒しているはずだ。

「はい、どうしました？」

加那子がインターフォンに話しかけると、

「ちょっと、胸が痛いんだ」

つらそうな声がインターフォンを通じて聞こえてきた。

「わかりました。すぐに行きます」

加那子は同僚に「じゃ、私が行きますから」と、声をかけて、ナースセンターを出る。

(信一くんか。胸が痛いなんて、きっと嘘ね)

リノリウムの廊下を歩き、五〇六号室のドアを開ける。

個室の枕明かりのなかで、ベッドで上半身を立てた信一のととのった顔が見えた。

少年っぽいたおやかさを残しているところが、榎本孝志と似ていた。

「信一くん、胸が痛むんだって」

明るい声を出して、加那子はベッドに近づいた。

「ああ、ちょっとね。このへんが」

信一が胸のあたりを指して、切れ長の目でじっと見つめてくる。加那子は胸の高鳴りを抑えて言った。

「そう……じゃあ、胸を開いてくれるかな」

信一がパジャマの胸ボタンを外した。色白の薄い胸が現れた。

加那子は首にかけていた聴診器を取って、心音を聞いた。それから、胸の前と背中に聴診器をあてて、呼吸音を聴く。やはり、心音にも呼吸音にも異常はなかった。

「べつに、異常はないようよ」

聴診器を耳から外して、ふたたび首にかける。

「仮病ね、違う？」

「ほ、ほんとだよ」

あわてふためいて言う信一を見て、加那子は微笑んだ。ベッドの端に腰かけて、信一の手を取った。体質が弱いせいか、孝志よりも指がほっそりして、しなやかだ。

白衣の膝の上に、信一の手を導いて、手を重ねた。

「あの、俺……」

「大丈夫。わかっているから」

しっとりと汗ばんだ手を胸に持っていって、ふくらみをつかませる。

「いいのよ、もっと強くして」

信一がおずおずと揉みはじめた。白衣を持ち上げた胸のふくらみを、強弱をつけて圧迫しては、息を荒くしている。

「信一くん、こうしたかったんでしょ？」

「ああ、俺、市村さんのことが……」

加那子は、信一の体を抱き締めた。華奢だが、男の子らしい硬さがある。

ベッドにあがり、抱き合ったまま横になる。

向かい合ったまま、自分で白衣のジッパーを下げた。純白のブラジャーがちらりとのぞいた胸は、妖しい鼓動を打っている。

信一の手を取って、開いた白衣の胸元へと導いた。じかにブラジャーをつかませる。指の触れた箇所から、甘い快美感の電流が流れた。

「どう、どんな感じがする？」

「柔らかい。タプタプしている」

「いいのよ、なかに手を入れても」

真っ赤な顔をした信一は、震える指先をブラジャーのなかに入れてくる。

そして、球体の頂きでほころびかけた蕾を、指でいじる。感触を確かめるようにつまんだり、転がしたりする。その初々しい仕種が、加那子のなかに潜むものに火をつける。

湧きあがる情感の高まりにおののきながら、パジャマの股間に腕を伸ばした。

布地越しに感じられるそれは、硬くいきりたっていた。

加那子は信一の瞳をとらえると、じっと見つめたまま、ゆっくりと擦った。

「ううッ、そんなことされたら……」

信一が唸るように言って、血走った目を向けてくる。

加那子は視線を落とすと、信一のパジャマのズボンに手をかけた。ブリーフごと膝まで引き下ろす。

まだ若い屹立が飛び出してきた。鋭角にそそりたつ肉棹の躍動が、加那子の目をとらえて離さない。

（ふふっ、元気いっぱいだわ）

力強くいきりたつ肉茎に指をからませる。熱い脈動を感じながら、ゆっくりと擦りだした。

信一がうっとりと目を閉じた。

やさしく微笑んだ加那子は、そそりたつ若い肉棹の頭部にチュッと口づけをした。

それから、湿った音をたてて唇を濡らすと、静かに咥えこんでいった。

◎『僕の派遣看護婦（ナース）特別診療』（二〇〇一年・マドンナ社刊）を一部修正及び改題いたしました。

二見文庫

派遣看護婦《はけんかんごふ》

著者　浅見《あさみ》　馨《かおる》

発行所　株式会社　二見書房
東京都千代田区三崎町2-18-11
電話　03(3515)2311［営業］
03(3515)2313［編集］
振替　00170-4-2639

印刷　株式会社　堀内印刷所
製本　株式会社　村上製本所

落丁・乱丁本はお取り替えいたします。
定価は、カバーに表示してあります。

ISBN978-4-576-15185-4
http://www.futami.co.jp/

二見文庫の既刊本

熟女痴漢電車

ASAMI,Kaoru
浅見 馨

高校生の翔太は満員電車のなかで乗客に押され、女性の背面に密着してしまう。痴漢に間違われる恐怖に怯えながらも、タイトスカートに包まれた豊艶なヒップに股間は反応。電車が揺れるのにまかせて、ついつい押しつけていた。すると彼女は嫌がりもせず、そればかりかズボンのふくらみを——。官能エンターテインメントの傑作が待望の復刻！

二見文庫の既刊本

未亡人36歳

ASAMI,Kaoru

浅見 馨

物心ついたときから憧れている叔母・奈央子が未亡人となって実家に戻ったのを機に、彼女と一緒に暮らすことになった拓海。叔母の下着への悪戯や覗き見がばれてしまうが、彼女はそれを責めるどころか、亡夫の代わりになってほしいと誘い、拓海を快楽の渦へと導いてゆく——。人気作家による官能エンターテインメントの傑作！